东北故事集

THE
STORIES OF
NORTHEAST
CHINA

迟子建

著

人民文学出版社

图书在版编目（CIP）数据

东北故事集 / 迟子建著. -- 北京：人民文学出版社，2024
ISBN 978-7-02-018515-3

Ⅰ.①东… Ⅱ.①迟… Ⅲ.①中篇小说－小说集－中国－当代②短篇小说－小说集－中国－当代 Ⅳ.① I247.7

中国国家版本馆CIP数据核字(2024)第003689号

责任编辑	薛子俊　李义洲
装帧设计	陶　雷
责任印制	王重艺

出版发行	人民文学出版社
社　　址	北京市朝内大街166号
邮政编码	100705

印　　刷	北京盛通印刷股份有限公司
经　　销	全国新华书店等

字　　数	123千字
开　　本	850毫米×1168毫米　1/32
印　　张	8.5
印　　数	1—60000
版　　次	2024年1月北京第1版
印　　次	2024年1月第1次印刷

书　　号	978-7-02-018515-3
定　　价	59.00元

如有印装质量问题，请与本社图书销售中心调换。电话：010-65233595

目录

喝汤的声音　　　　　　　　　　1

白釉黑花罐与碑桥　　　　　　　37

碾压甲骨的车轮　　　　　　　125

后记：谁鼓舞了我　　　　　　257

喝汤的声音

只要你到了黑龙江流域沿岸的地方,走进馆子,听到呼噜呼噜的喝汤声,说明你可能遇见哈喇泊了。

她跟我说的这个小镇在乌苏里江下游，叫万吉镇，所住人家多是打鱼的和养奶牛的。我说只知道有个抓吉镇，万吉镇在哪儿？

"万吉镇当然在万吉镇呐，就像你的屁股一准儿在你胯骨下，不能跑到你脖子上一样。"揶揄我的是个四十上下的女人，自称乌苏里江摆渡人，她长脸，高颧骨，中分直发，穿一条绛紫色麻布长袍，戴一串木珠项链，脸很黑，一双狭长的眼睛深藏着磷火似的，幽光闪烁。

她什么时候进的江鲜小馆我不知道，因为我压根儿没听见脚步声，她就飘落在我对面的长凳上了。她仿佛老相识，跟我眨眨眼，挑剔我不会点鱼，说这时令不该点马哈鱼，名气虽大，却不是新出水的，倒不如雅罗和船丁子新鲜好吃。她说话时喉咙像塞着团棉花，哑腔哑调的。

我是陪领导来饶河工作调研的，下午去过小南山遗址考古挖掘现场，三天的工作日程也就结束了。沿着微雨后湿滑的土路下山时，我望见山下水墨画般的广阔湿地上，有两只白鹤翩翩起舞，大秀恩爱，这动人的情景令我想起麦小芽，她离开我十二年了，虽然四年前我再婚了，现任妻子贤德淑惠，待我不错，但在我成功或是悲哀时刻，特别想与人分享喜悦或倾诉苦闷时，心底呼唤的名字还是麦小芽。她是个历史学者，在一次田野调查中，遭遇特大山洪，被波涛卷走，从此后我见着所有的江河，都委屈万分，觉得它们辜负了我的爱情。我太想在乌苏里江畔独享一个黄昏，喝上一顿酒，隔着遥远的时空，和麦小芽说说悄悄话了，所以下山后我跟领导谎称自己有个姑妈在饶河，多年不见，想去探望一下老人家，晚饭就不随团吃了。领导再有半个月就退休了，饶河是他任内最后的公差，一向傲慢和冷漠的他，骤然变得开明而亲民，他微笑着说你去吧，给你姑妈带好，晚上早点回来，明天咱们就回哈尔滨了！

从小南山下来，我像出笼的鸟脱离团队，奔向乌苏里江畔，择了片柔软的沙滩坐下，迫不及待地摘下口罩，让江风亲抚我的脸,望着这条波光粼粼的向北流去的江,边晒太阳边抽烟。

　　初秋的阳光像一束束丰收的麦穗,有股说不出的芬芳,让人有收割的欲望。我给麦小芽点了一根烟,放在鹅卵石上,淡蓝的烟雾云图一样铺展开来,仿佛她真的吸了。麦小芽嗜烟如命,我们在一起最惬意的时光,是晚饭后对坐着,沏一壶热腾腾的茶,吞云吐雾地神聊。人们都说吸烟伤肺子,但麦小芽说肺子经由烟熏,这块鲜肉就变成了腊肉,腊肉比鲜肉耐储,所以她认定吸烟能铸就铁肺,百毒不侵。我们偶尔吵架了,所道歉的方式,就是给对方点上一根烟,悄悄说声:"咱熏腊肉吧。"这比献上玫瑰和热吻管用,矛盾随之烟消云散了。

　　天色由明媚变得暗淡,我默默和麦小芽"熏腊肉"至黄昏,留下两堆烟蒂,一堆是我的,一堆是她的。我取一颗麦小芽的烟蒂,多想发现她湿漉漉的唾液啊,可是没有,烟蒂焦干,像一堆冰冷的子弹壳,仿佛告诉我它们来自死神的世界。我把两堆烟蒂合在一起,没舍得扔进垃圾桶,而是揣进裤兜,去江畔寻吃鱼的地方。

　　那条街上装饰华丽的江鲜大酒楼有好几家,而我惯于钻的是小馆子。除却价格便宜，经验告诉我，小馆子不宰客，食材好，灶火旺，掌勺的师傅个个身怀绝技，能做出令人惊艳的菜肴。而且小馆子客人常来常往，热络，活泛，可以不拘小节地高声谈笑，纵酒，吸烟，甚至放屁。还有一点，这样的馆子一般望得见后厨，你相中哪棵葱哪头蒜为你的菜打江山，可指点它们上阵，店主一定会遂你心愿。

从食街主干路岔过去，有一条绿意葱茏的玉簪似的斜街，我选的这家原木打造的小馆，就像一颗琥珀，缀在斜街尽头。受"新冠肺炎"疫情影响，食街客人不多，店铺多半冷清，但我进去时，他家却很热闹。有两个男人喝得半醉了，正在划拳斗嘴，一个咕哝："俩好呀——你丫的。"一个叫嚣："五魁首呀——你大爷的！"小馆摆的桌子有圆有方，但供客人坐的都是长凳。随客人入店的口罩，像误入笼中的一群鸟儿，有的病恹恹地瘫在桌角，有的软塌塌地挂在客人的一只耳朵上。更多的人把口罩当袖标，戴在胳膊肘上，所以他们举杯时，五颜六色的口罩有点鸟儿挣脱樊笼的意味，向上冲去。我择了西北角的一个空位坐下，点了软煎马哈鱼、黑斑狗鱼炖茄子和椒盐江虾，还有一斤烧酒。其实我知道这时节的马哈鱼来自冷冻箱，不在盛时,但因这是麦小芽爱吃的,所以首要点的是它。

店主是个年纪轻轻的断腿男人,面貌俊朗,穿白色T恤,他摇着轮椅,自如地穿行于餐桌过道,端酒续茶。我进门时,他驾着轮椅从北侧飞快迎到门口,招呼道:"兄弟您请——"然后奔向收银台,那里摆着一紫一白两个玻璃酒罐,紫的是山葡萄酒,白的是土豆烧酒,店主说这是他们自酿的。他说所有的来客进门都可免费喝一盅,男的通常喝土豆烧酒,女的喝山葡萄酒。我说我两个人,所以两种都喝。店主打开白色酒罐的龙头,先接了一盅土豆烧酒给我,看着我喝下,然后又接了一盅紫色的山葡萄酒,摆在收银台上,说等我约的人到了,就端给她喝。我说她已跟我一起进来了,拈起那盅酒,一饮而尽。店主狐疑地看着我,半晌没说出话来。

我坐下后才明白,这青灰的水泥地面、矮矮的收银台和看得见灶房的落地窗,是为了店主的轮椅而特别设计的。

店主见我点了三道菜,提醒我说他家的菜码大,一个人吃的话,一道黑斑狗鱼炖茄子就能把人撑得半死,可以减一个菜,如今挣钱不易,省点儿是点儿。我谢过他的好意,说是喝了两种酒,菜也自然是俩人吃,请他上两套餐具。店主大约领会我的用意了,他不再犹豫,对着灶房的师傅发出号令:"同罗走菜喽!"

一开始我以为掌勺的师傅叫"同罗",低头一看餐桌上立着个扇形桌牌,上面是黑地金字的"同罗",才知这是桌名。再看邻近的几张桌,是"鳌花""哲罗"和"柳根子",便恍然明白这家店的桌牌,是以"三花五罗十八子"中的鱼类品种来命名的。

我把另套碗筷杯盏摆在对面,先给麦小芽倒了一盅酒,然后给自己的也满上,和她碰了一盅,之后又自己连干两盅。菜陆续上来了,天也黑了,客人渐多,店主的轮椅忽而在东,忽而向西,忙得不亦乐乎。我不顾左右,倾情给麦小芽夹菜,跟她说话。我说饶河小南山出土的玉器,距今约九千年,精美极了。玉就是玉啊,可以碎,但不会化为尘土。可是你呢,怎么就化成了烟啊。

我就是说完这句话,穿绛紫色麻布长袍的女人飘然而至的。她一来,我和麦小芽的对话就中断了。

这个女人气质不凡,酒量不凡,捏起酒盅,自斟自饮,连干三盅,面不改色。我一看先前叫的烧酒快见底了,嚷着添酒。店主先是劝阻我,说兄弟咱喝得差不多就行了,酒大伤身啊。我说我花钱喝酒，图的是痛快，你不想让我高兴吗？再说你没见多了个客人吗，让对面女人觉得我请不起酒，岂不是没面子？店主连声苦笑，隔了一会儿，递上一壶酒，拍了拍我的背，叮嘱道："悠着点儿啊。"

女人喝了酒后神情愉悦，说要卖个故事给我。我说怎知我需要故事？她诡秘一笑，说她一进来，就看出我是个缺故事的家伙了。我问一个故事多少钱？她说好的故事是无价之宝，千金难买；烂故事是垃圾，臭不可闻。如果我能听完她讲的故事，说明它有价值，她要求不高，抵得上这桌酒菜就行。我说你意思自己不是白吃我的？她有点恼怒，教训我永远不要当着女人的面说她白吃。

她开始讲故事，说故事的主人公叫孟平贵，不过乌苏里江一带的人都习惯叫他的小名"哈喇泊"，这是他祖母给起的。

哈喇泊出生在万吉镇，这地方依山傍水，风景优美，对岸是苏联的一个小镇。哈喇泊的祖父是善于骑射的蒙古人，祖母是以渔猎见长的赫哲人，所以哈喇泊的父亲，是蒙古族和赫哲族的后人。

哈喇泊身高体阔，膀大腰圆，气壮如牛，圆脸上生着浅浅的络腮胡，蒜头鼻子，敦厚的嘴唇，漆黑的一字眉下，是一双和善而明亮的眼睛。他外形不乏男子气概，可身上却有一点缺彩，就是牙齿。怎么说呢，不仅是他，哈喇泊的血亲，他的祖母和父亲，没一个好牙齿的，都是满嘴的残垣断壁。

我说："可能万吉镇的水有问题吧，比如含氟少，牙齿就容易变成核桃酥。"

女人撇了一下嘴，吃了一块黑斑狗鱼，又饮了一盅酒，说："哈喇泊的牙齿要是跟水有关的话，我这故事还能卖得出去吗？"她警告我少插言，讲故事最怕打岔了。

女人说哈喇泊的牙齿随他父亲，而他父亲的牙齿又随他祖母。

哈喇泊的祖上是大黑河屯人，也就是海兰泡。过去那里叫孟家屯，是当时黑龙江将军管辖区域，可叹它如今不是咱们的地界了。哈喇泊的祖父是个蒙古商人，做皮毛生意的，总来大黑河屯交易，认识了哈喇泊的祖母，一个朴实能干的赫哲女人，她做的鱼皮衣，在大黑河屯很出名。说是穿着她的鱼皮衣下江捕鱼，防风防雨不说，鱼儿还爱入网上钩，所以哈喇泊的祖母吸引了不少男人的目光。

哈喇泊的祖父祖母成亲于1897年冬天，转年他们有了一个女儿。他们在大黑河屯经营两家货栈，日子过得红红火火。1900年初春，哈喇泊的祖母又怀孕了，这时哈喇泊的祖父要开一家火磨铺加工小麦，正忙着购进机器，装点铺面，所以提早就给未出生的孩子起好了名字"火磨"。然而到了七月，沙俄借口义和团运动在东北蔓延，危及边境，逮捕了许多世居于此的华人。而在太阳最灿烂的时日，火磨铺开张仅一周，喜气未散，大黑河屯华人的房子和店铺，突遭俄兵洗劫。无论妇孺，都被驱赶到黑龙江边。

人们被刀斧威逼出来的一瞬，忙着不同的活儿，所以临时带走的东西千奇百怪，有拿着烟袋锅的、擀面杖的、笤帚的、筷子的、茶碗的、针线的、算盘的、酒壶的、肥皂的、铲子的、梭子的、书籍的、纸币的、马鞭的、样子的，可见当时他们正抽着烟、擀着面、扫着地、吃着饭、喝着茶、缝着衣、算着账、饮着酒、洗着衣、炒着菜、补着网、读着书、点着钱、赶着马、烧着柴。最滑稽的，是有人当时正蹲茅坑，慌张中握着揩腚的草纸，一脸没排泄痛快的苦楚。而有的人正擦拭油灯，想着明晃晃的太阳下出了这等事，此去黑暗，大白天的举着油灯上路。

被驱赶到江边的华人，没有不回头的，他们遥望自家房屋还在不在，离散的亲人在哪儿，心爱的马和狗又在何方。而先前还一片祥和的大黑河屯，浓烟滚滚，火光冲天。俄兵用武器将人们往江里赶，那些不会水的只要反抗，刀斧便会袭来。人群中血肉飞溅，哭声震天，倒下的人越来越多，沙滩的鹅卵石被鲜血染红了，像一只只愤怒的眼。

哈喇泊的祖父抱着两岁的女儿，她手里攥着一颗糖球，惊恐让她手心发热和出汗，糖渐渐化了，她的手代替她的嘴，吃了最后的糖。祖母则拿着一把碎布条，她正打袼褙，预备给腹中的孩子做鞋子。一个俄兵用长刀挟持哈喇泊的祖父，喝令他滚回江对岸去，可这个能纵马驰骋的蒙古汉子不会游泳，粗通俄语的他跟俄兵说他怕水，怀抱的孩子更怕水，还有他的女人怀着孩子，他愿意把新开的火磨铺送给俄兵，他收购来的小麦都是最好的，能磨出上好的面，无论养家还是给军队补充给养都没的说。岂不知他的火磨铺正在燃烧，雇来的看管铺子的两个伙计已死在俄兵的斧头下了。哈喇泊的祖母多年以后回忆起那个令她肝肠寸断的日子，依然会紧咬牙齿，虽说其后她嘴里只剩两颗糟烂的后槽牙了。

没等哈喇泊的祖父说完乞求的话，一个骑兵挥舞一柄长刀，削枝丫似的，先把他怀中的女孩拦腰斩落，接着朝向哈喇泊的祖父。哈喇泊的祖父见女儿死在刀下，咆哮着反扑。他熟悉马的特性，飞身绊马，将骑兵摔落，夺刀砍向他。俄兵躲闪着，他没击中他脖颈，只废掉他一条胳膊。哈喇泊祖父的第二刀还没出手，被一个手持莫辛步枪的俄兵，迎面射杀。哈喇泊的祖母说，这种枪大黑河屯的华人都叫它"水连珠"，因为枪声清脆得像山泉流过。哈喇泊的祖父被水连珠击中的一瞬，高呼："快游过哈拉穆河——"这是他无力保护身后心爱的女人，对她发出的最后呼唤。

哈拉穆河，是哈喇泊祖父对这条江的称呼，他知道他的女人是可以搏击激流的鱼，因为赫哲人无论男女，没有不会水的。

哈喇泊的祖母带着四个月的身孕，纵身跳入黑龙江，奋力游向对岸。江水失却了往日的安详，在江流中沉浮的，是尸首和奄奄一息的人，江面漂浮着鞋子、袜子、帽子、衣裳、腰带、围巾、烟袋、算盘、木棍、草纸、包袱皮等等。尸首随着波涛一起一伏的样子，好像人们还活着。

要说这条江在大黑河屯与对岸的距离，不过千米，可黑龙江即便在盛夏，江水也冰冷刺骨，加之水流湍急，每年总有人丧命于此。哈喇泊的祖母游到江中心时，体力不支，找不到漂浮的倒木作为支撑歇息，恰好一具浮尸漂过身边，是个光着膀子面朝下的壮年男尸，哈喇泊的祖母一把抱住他的腰，叫着已死在岸边的自己男人的名字，大口大口喘息着，待体力恢复一些，她松开那冰冷的男人，说大哥你好走吧，继续朝对岸游去。

一连三天，被赶到江岸的人，数千人毙命，幸存者极少。一条没有船停泊的江，对于要渡河的人来说，无疑是流动的地狱。但哈喇泊的祖母是幸运者，她不仅活下来了，还保住了腹中胎儿，漂泊了几个月后，年底在万吉镇落脚，生下哈喇泊的父亲，也就是火磨。

女人讲到此，探询地看了看我，仿佛在问我，这故事听得下去吗？我哪敢再插言，只是奉上一盅酒。她接过酒，洒在地上，我想她在祭奠故事中的罹难者吧。

女人微微咳嗽一声，接着讲故事。

哈喇泊的祖母上岸后，发现自己的牙齿多半化为乌有，好像那些牙齿是隐藏的烟花，瞬间燃爆了，而还留在牙床上的，也都是风中败柳，摇摇欲坠。有人说她是因仇恨咬碎了牙,也有人说她当时游不动了,不咬碎牙齿,逼出身上最后的力气,早就喂江鱼了。

火磨五六岁时,就听母亲讲父亲的故事,说到他被水连珠击中的时候,火磨会把牙齿咬得"嘎吱嘎吱"响。他出生后本来有一口漂亮的白牙的,到换牙时,多半的牙被他嚼碎了。而新长出的牙齿,在他重温父亲故事的成长历程中,也多半粉身碎骨,所以他二十多岁时,已是远近闻名的没牙的男人。

因为牙齿不好,哈喇泊家族,不吃硬的东西。他们不喜单纯的米粥,嫌没滋味,更爱汤羹,所以但凡米类和谷物入锅,都是和鸡鸭鱼肉一同熬制。刺少的狗鱼,是灶上的主角。费牙齿的牛肉鹅肉,都得剔骨,取其软嫩的部位食用,所以在万吉镇,狗们嘴馋了,爱去哈喇泊家门前游荡,那是它们美食的道场,往往会捡着连着筋肉的骨头。

哈喇泊一家喝汤也就出了名。在万吉镇,晚炊时分,你若走进他家院子,没风的日子也像有风,自屋里传出呼呼呼的声音,偶尔汤匙触碰瓷碗,这风声中就多了几声清脆的哨音了。

受母亲所述故事的影响,火磨年轻时就惧怕成家。父亲和未见面的姐姐死于惨案，让他觉得世事难料，男人有时是保护不了妻儿的。他也因此变得孤僻，独来独往，与万吉镇的人格格不入，没一个姑娘看上他。

火磨四十岁时，额头的皱纹和鬓角的白发过早出现了，哈喇泊的祖母终于坐不住了，遍寻乌苏里江流域的媒人，给火磨说亲。她跟媒人介绍儿子时，总是一句话："俺儿除了牙，哪哪都好！"年纪轻轻就没了牙，媒人总要多问一句为啥，哈喇泊的祖母便讲他们家族的故事，听得媒人唏嘘，赞叹火磨是条汉子，信誓旦旦地表示要为他寻得佳偶。

火磨四十二岁时，终于娶了媳妇。这人比火磨小八岁，是个哑巴。而最终为他选定这门亲的，是火磨的母亲。媒人介绍了三个愿意嫁给火磨的人：一个是比他小五岁的寡妇，带着个六岁的儿子；一个是比火磨大三岁的悍妇；还有一个就是模样周正的哑巴。火磨的母亲当然不想儿子一成家就给人当爹，所以虽然那个寡妇善良能干，她第一个勾掉的就是她。第二个虽是黄花闺女，可她因为家底殷实，好逸恶劳，脾气暴躁，打遍邻里，不是善茬，哈喇泊的祖母可不想让儿子抱着一个火药桶过日子，所以她自然不在考虑之列。而火磨话本就不多，若跟哑巴在一起，除了能保持他沉默寡言的天性,还能让家有持久的安宁。更重要的是,哑巴一口坏牙,能适应他们家喝汤的生活习惯。

火磨娶了哑巴后,最初一年不和媳妇睡一铺炕。哑巴自是无法说,就是能说的话,也说不出口哇。哈喇泊的祖母察觉后问儿子,你这是嫌弃哑巴?火磨忧心忡忡地说,要是一起睡了,有个一儿半女,遇到大黑河屯那样的大难,你护卫不了他们咋办?哈喇泊的祖母气得心口疼,说那样的日子不会再有了!她说你不和人家睡,就别让她过门,这不是让人守活寡吗?火磨认真考虑了三天,最后答应和哑巴一起睡。东北光复的第二年,哑巴生下哈喇泊。而哈喇泊的祖母最担心的,是未来的孙儿会遗传儿媳的病,也成哑巴。所以儿媳有孕后,她跑遍了附近的寺庙,为她祈福。哈喇泊一降生,听到他那仿佛能穿透云层的哭声,作为祖母的她喜极而泣,因为哑巴的哭通常是呜咽的,几乎听不到。孙儿大名的命名权她给予了儿子,火磨给他取名孟平贵,小名"哈喇泊"则是她给起的,这是蒙古语"海兰泡"的叫法,以纪念她在大黑河屯的青春岁月和死去的男人和女儿。哈喇泊顶着这个名字,注定要听祖辈和父辈给他重复的那个故事,所以祖母谢世时,已是壮小伙的哈喇泊,一口牙齿多半为那故事殉葬,在不断的咬牙切齿声中,化为齑粉。

哈喇泊家族豁着一口坏牙,仅凭喝汤,他的祖母和父亲,竟都活过八十岁。哈喇泊不像父亲,听了这故事后惧怕有后人,他恰恰相反,觉得儿女多了,万一遭遇不测,总有人会绝处逢生,留下火种,所以他喜欢往女人堆里钻,用不着媒婆,老早就给自己觅得佳人,二十三岁就结婚了,喜得他那哑巴母亲,天天张着嘴乐,表达她那无以言说的喜悦。那姑娘是万吉镇的下乡知青,名字叫张雪,哈尔滨人,在小学教书,模样一般,但她身上的"一黑一白"格外抢眼,黑的是垂在脑后的乌油油的大辫子,白的是满口雪亮的牙。哈喇泊笑起来时,嘴里黑洞洞的,像是魔窟,所以她与他成亲时,提出的唯一条件是他笑时得抿着嘴。

哈喇泊小学文化,因为万吉镇没有中学,继续读书要去外地,而他不能离开家人,尤其是母亲。火磨得子后,觉得有了哈喇泊这个果实,足以对母亲交代了,再不和哑巴睡一铺炕。万吉镇有个老光棍,觉得有机可乘。哈喇泊的母亲去挑水,他抢她的扁担;她去铲地,他夺她的锄头。万吉镇的人见着火磨,会和他开玩笑:"你们家要来长工了！"火磨不以为意，但十一二岁的哈喇泊深以为耻，他举着镰刀捍卫父亲的权利和母亲的尊严，威胁光棍汉若再敢碰他母亲手里的工具，就割掉他裆里的玩意儿！光棍汉说工具又没长肉，咋就不能碰？哈喇泊说他母亲手里的扁担和镐头，都是父亲打制的，随他父亲姓孟，除了亲人谁都不能碰。光棍汉嘴上说我还怕你们这些豁牙的？但他再跟踪哑巴时，总要瞄着哈喇泊是否在左右。

哈喇泊小学毕业后跟父亲打过鱼，养过蜂，采过药，他成人后因为属于少数民族后裔，政府给他安排了工作，在万吉镇小学当工人，每月有工资拿，成为同龄人羡慕的对象。他就两样活儿：烧水和敲钟。不过这两样活儿把身子，他开始时很不习惯。他的工作间在水房一角，小屋总是水雾弥漫，令他昏昏欲睡。所以到了上下课的点儿，他往往因为瞌睡，而错过了敲钟。该下课了，他不打钟，而未到上课时间，他也许因为去厕所解手，顺路就把上课钟敲了，所以师生们对他都不满意，老师不愿多讲课，学生自然也不乐意被侵占休息时间。哈喇泊听到议论后恍然大悟：原来没人恋着讲台和课桌啊！他开始有意识地提前敲下课钟，而又把上课钟延后个两三分钟，师生们果然说他好话了，见了他都说孟师傅好，但他们说过后赶紧溜掉，生怕哈喇泊笑，一个没牙的人乐起来，就像张开了血盆大口，实在可怕。

　　哈喇泊是供销社的常客。那时祖母已过世，他买香烟和水果罐头孝敬父母，还给学生买糖，招徕他们听他讲家族故事。除此之外，每到乌苏里江通航时节，航标船停靠在万吉镇时，哈喇泊总要省下钱来，给航标工买好吃的。自家不舍得吃的猪肉罐头、刚打上的鱼，他都送过去。他对在国境线上作业的航标工有种崇拜心理，认为他们比自己敲钟伟大。所以他成了乌苏里江万吉镇段义务的航标维护工。有农人放羊图方便，把羊拴在岸标的标杆上，他巡查到了，会解开绳索，把羊牵回主人家，说这是拴的羊，你要是拴牛马这种大牲口，它们蛮力十足，万一把岸标扯断，那昭示咱领土的标记就没了，可了不得啊！有时不是人为因素损及岸标，比如麻雀在上面做窝了，他就嘟囔着岸标又不是树，没一片叶子能给你们遮风挡雨，在这做窝不是傻吗？哈喇泊给鸟挪窝。而每年开江之后，冰排流空，航标船的人开始设置浮标、安装标灯时，他的星期天就是和航标工一起度过了，帮他们打个下手，航标船的人都很喜欢哈喇泊。他们犒劳哈喇泊的方式是煮一锅浓汤,与他一起热火朝天地喝顿汤,再听他讲一遍那个令人切齿的故事,虽说他们听过多遍了。

　　哈喇泊结婚后,不像从前见着可爱的姑娘爱上前搭讪,他怕媳妇张雪吃醋。他们在同一单位工作,哈喇泊的工资她习惯一并领了,由她支配。开始时哈喇泊不以为意,但后来他每次买东西朝她要钱费劲,再到发工资的日子,他就早早去财务室候着。他和张雪常因钱拌嘴,她说拿钱给公婆买东西天经地义,可给航标船的人买吃的,纯属傻瓜,那些人都有工资,在野外作业又有补助,哪用得着你贴补?还有张雪不满意哈喇泊在水房给学生讲故事,他买了糖果藏起来,谁听他故事,他就发一颗糖。而那故事讲了千百遍,谁都知道,小孩子想糖吃时就去骗他,说想听故事了,他不厌其烦地讲,学生们虚张声势地做出痛恨的表情,骂惨案制造者,比赛着磨牙。而谁的牙咬得狠,哈喇泊就多给谁一颗糖。因为这,他有时也会误了敲钟,校方警告过他不止一次。

　　我打了个哈欠,讲故事的女人立刻警觉起来,说你嫌这故事长了?我赶紧解释说我犯烟瘾了,她倒了一盅酒干掉，夹了两只江虾塞进嘴里，说那你赶紧熏个腊肉嘛！我刚想问她怎知我和麦小芽的吸烟"密语"，她接着讲故事了。

我点燃一支烟，烟雾让摆渡人的脸蒙上了一层面纱，我看不清她的脸，但她的声音依然清晰入耳。

哈喇泊和张雪在一起过了八九年吧，始终没有孩子，这急坏了哈喇泊，他想要一堆孩子的梦想正在一天天破灭。据说张雪每次月经来潮，哈喇泊都很难过，嘟囔他的种子打了水漂，把酒当汤连喝三碗，大醉一场。不过他并不泄气，再到张雪的排卵期，他依然热情洋溢地播撒种子，渴望它们萌芽。万吉镇有女人偷听到哈喇泊跟张雪说，你不能生，俺找一个女的偷着生了，咱当亲生的养活咋样？张雪说那她就吊死在学校的钟旁，他就敲着她的尸首过下半生吧，吓得哈喇泊再也不敢提养私生子的事情。

后来张雪在知青返城的浪潮中回哈尔滨了，哈喇泊自知他们是两个世界的人了，主动提出离婚。张雪觉得自己没给哈喇泊留下一儿半女，对不起他，愿意离婚，说是离开她后，哈喇泊可找个能生养的女人，不然老了进棺材，坟前都没个烧纸钱的后人。

他们告别的故事在万吉镇广为流传,那是晚秋时令,几场霜后,田野一派荒芜。张雪那天先是起早给两个女人上坟,一个是哈喇泊的祖母,一个是刚去世的婆婆。她并不喜欢哈喇泊的祖母,觉得她的故事害了哈喇泊。但她喜欢不能开口说话的婆婆,张雪未能生养,婆婆直到生命最后一息,一直用温柔的眼神待她。张雪采了一枝傲霜的野菊献给婆婆时,一只苏雀飞过坟头,留下喳喳的叫声,仿佛婆婆开口说话了。上完坟回到镇子,张雪又去看公公,把自己做的一薄一厚两条棉裤带给他。火磨独居,垂垂老矣,每天除了喝汤就是晒太阳。他还爱讲那个大家耳熟能详的故事,但人们都听絮烦了,他没处讲了,就嘟嘟囔囔地说给自己听。儿子离婚了,他倒高兴,说是哈喇泊遭遇不测时,牺牲自己就是了,没有牵绊。所以在婆婆的葬礼上,公公没有悲伤,好像老婆死在他前面,对他是解脱。火磨唯一惆怅的是,媳妇死了,儿媳走了,以后谁给他做棉裤呢?但他想这岁数了,也穿不了几条新棉裤了。张雪看完公公回到家,用精心备好的猪骨、牛尾、鸡胸和白鱼,花了七八个小时,为哈喇泊煲了一锅浓汤,然后穿上大红缎子袄,好好打扮了一番。据说她和哈喇泊喝了三斤烧酒,月亮升起后,他们手拉着手,醉醺醺地去学校操场散步。张雪摇晃着走到铁铸的钟旁,说是月亮要是能当钟槌就好了,到点儿了让它来打钟,哈喇泊能省力气不说,还不会误点儿。哈喇泊听后感动得蹲在地上呜呜哭了,说是舍不得她了。张雪见哈喇泊如此难过,觉得自己不牺牲点什么,就辜负了哈喇泊的真情,她把嘴张大,用牙齿撞钟,生生折损了两颗大门牙、上颚一颗尖牙及下颚两颗切牙,有的牙还没完全脱离牙床,死守根据地,她生拉硬拽地让它们"出列",弄得下巴鲜血淋淋。她把这五颗连着肉的牙齿,放在哈喇泊掌心时,哈喇泊叫道:"还是给我留下了骨肉哇——"哭得地动山摇的,惊醒了不少住在学校旁边的人。

摆渡人说,一个有情有义的男人得着这样的纪念物,能忘了他的女人吗? 张雪回哈尔滨一年后,嫁了个死了老婆的啤酒厂工人,两年后生下一个男孩。万吉镇的人知晓后,爱拿哈喇泊开玩笑,说同样一片地,咋人家的种子就能发芽呢? 哈喇泊说可能施的肥不一样吧,大家就笑。为了证明自己也有实力吧，哈喇泊很快娶了个比自己大五岁的离异者，她育有一子，判给前夫了。哈喇泊心想这是个下过蛋的鸡，挪个窝再给自己下一个而已，所以对她满怀信心。而这个女子也巴望着再生一个，因为前夫不许她看望儿子。但三四年过去，她的肚子不见隆起，反而瘪了下去，她吃不下饭，睡不好觉，脸色灰黄，瘦成一把骨头，去城里医院一检查，子宫癌已到晚期。第二个老婆死后，父亲火磨也死了，哈喇泊心灰意冷了好几年，才娶第三个老婆。她比哈喇泊小一旬，是媒婆介绍过来的外乡人，模样不错，就是患有癔症，一发作起来人事不知，有时哈喇泊正准备去打钟，会被匆匆赶来的人给喊走，说你老婆发癔症了，倒在大道上抽搐呢，还不去看看！他就撇下钟槌，一路快跑过去。这女人是个黄花闺女，跟他过了四年，也没怀孕，哈喇泊对她便有火气，时常找碴骂她。这女人不发病时温顺安静，持家能力也强，哈喇泊骂她，她虽不高兴，却也能忍，但哈喇泊有一天对她动了手，她终于提出不过了。说挨骂倒也罢了，挨打的日子却是一天都不能过！哈喇泊不想离，她就用纸盒做了块牌子，写上"哈喇泊打我"，坐在学校钟架下示威，引来师生围观，哈喇泊不敢来打钟了，只得同意离婚。最打击哈喇泊的是，这女人离婚一年后嫁给邻村一个养奶牛的，又过一年生下一个胖小子，癔症也不怎么发作了，哈喇泊痛苦极了，觉得老天待自己太残忍。男人们见了他又开起了玩笑，说咋两块地离了你都有收成，你要想有后传承你的故事，是不是得看看你的哑巴种子了？哈喇泊嘴硬地说，子弹还有卡壳的呢，谁的种子没几颗瘪的呢，赶上我运气差么！每说至此，他的眼眶都会浮上泪水，男人们赶紧鼓励他，说多冲锋，你的种子就会结果的！哈喇泊从此后不大与万吉镇的人来往了，寒暑假他不必打钟时，便买上好吃的，要么在乌苏里江畔和航标船的人待在一起，要么上山慰问边防部队。他与守卫国境线的人待在一起时，喝汤时总要用筷子先挑起点蔬菜，一块胡萝卜，一条土豆，或是一片白菜叶子，一根豆角，立在汤碗中央，当作浮标，定定地看上半晌，仿佛那泛着油光的汤，是滔滔的黑龙江水，然后夹起蔬菜的浮标吃掉，闷着头喝汤。

　　哈喇泊对自己的身体失去信心，不敢再婚了，他在私生活上变得放纵起来，进城找女人胡来。有一年扫黄打非，他被公安局的人逮个正着，消息传来万吉镇，校长气得肝疼，说他对不起祖宗，不配做男人。说归说，校长同情他，还是带着钱进城，交了罚款把他领回来。据说他每次去嫖，都喝得醉醺醺的，说不管谁怀了他的种，都会把她当王母娘娘供着。但暗地干这种营生的人，谁又愿意给个落魄者怀孕呢？

摆渡人讲到此，朝我勾了下手指，嘬了一下嘴，做出吸烟的姿势，说她也想"熏个腊肉"，我赶紧递上一支烟，然后再给自己点上一支，接着听她讲故事。

哈喇泊的命运真是曲折，他最为消沉的那年，得知张雪的儿子在上学路上出了车祸，双腿截肢，张雪的丈夫觉得是妻子造成了儿子的残疾，因为那天本该是她去接孩子的，她拉肚子给耽搁了，所以夫妻俩总吵架，他打张雪成了家常便饭。知情人对哈喇泊说，张雪的牙几乎被那男人打没了，跟他一样满嘴空洞。哈喇泊听了既愤怒又心疼，说我的女人咋能容人这么揍？张雪当年撞钟留给他的连着肉的牙齿，一直被他视为珍宝，他绝不允许别人这么欺负她。哈喇泊在那年寒假，专程去哈尔滨教训那男人。他趁着酒劲，在那男人上夜班的路上堵着他，把他揍倒在工厂浴池门前的雪堆上。哈喇泊不知这男人有严重的心脏病，这一揍竟让他当场气绝身亡。哈喇泊为此坐了牢，丢了公职。

　　哈喇泊出狱后回到万吉镇，形容枯槁，耳聋眼花，老得不成样子。他卖掉了父亲的房子，修缮他和张雪住过的已半塌的房子，以打鱼为生。他再也不去航标船和驻边部队了，也不义务巡查岸标了。只要喝多了酒，他就去学校操场游荡。学校早已用电铃，不须打钟人了，钟架也拆除了。水房还在，只是也改用电烧水了。他看着孩子们陌生的脸孔，很想给他们讲讲祖辈的故事，可他们听说他弄死过人，见了他都逃，他就讲给牲畜听。狗若没骨头吊着，也就听个开头，便颠儿颠儿跑掉；猪本来贪吃贪睡，它们支棱着耳朵听几句，算是给了他面子，"嗯嗯"两声，就呼呼大睡了；最钟情听故事的是奶牛，哈喇泊把它们当兄弟，边讲边抚摸它们黑白花的肚子，奶牛舒服得很，所以一听到底。不过养奶牛的人家跟哈喇泊抗议，说听了他讲的故事，奶牛都不爱产奶了，让他离远点儿。

　　哈喇泊受不了孤单吧，从此后总去外边吃饭。万吉镇就那么几家小馆子，他都吃遍了。他依然喝汤，所以各家小馆子总备着一两样汤，让他踏进门槛就能喝上。他们可怜他，不想收他钱，但哈喇泊说一个大男人咋能白吃，人们也就象征性收点儿，哈喇泊也没觉得那是便宜他了，他对物价的认知还停留在入狱前的水平，直到他外出卖鱼，看到价格飙升的商品，才知开小馆的人多么善良，他再去时，一定多付钱，才肯喝汤。

也许人老了的缘故，他喝汤的声音不比年轻时了，没那么响亮，时常夹杂着喘息。虽然不追航标船了，但他依然会在喝汤时，用筷子夹起一种蔬菜，立在汤碗中央，当作浮标，茫然望着，直到手上的筷子哆嗦起来。

有一年冬捕时节，哈喇泊认识了乌霞。她是个热情能干的俄罗斯妇女，在黑河和一个中国人合伙，经营一家俄罗斯商品店和一家俄式餐厅。乌霞比哈喇泊小九岁，是个离婚的，有一儿一女，儿子在布拉戈维申斯克市当工程师，已成家立业，女儿在圣彼得堡读大学。乌霞每月总要通关回到布市上货，看望亲人。哈喇泊每到黑河，总要去她店里喝汤，苏伯汤、鲜肉咸鱼杂拌汤、面条菌汤，都是他喜欢的。乌霞知道哈喇泊的遭遇后，说捕鱼是个力气活儿，还得凭运气，他这岁数了，不能再风吹雪打了，不如在他们餐厅打工有保障，每月有固定收入，还管吃管住。哈喇泊说他可以来她餐厅喝汤，但绝不会给一个俄罗斯人打工。祖辈在大黑河屯的遭遇，依然是他心中的痛！乌霞几次张罗带哈喇泊去布拉戈维申斯克游览，如今过境游的手续极为简便，但哈喇泊说除非祖父当年的铺子还在，他才会去。乌霞觉得哈喇泊固执古怪，但他的执拗和专情又打动她。所以哈喇泊一两个月不来，她还惦记着，驾着半截子车去万吉镇看他。乌霞的到来，是万吉镇的节日。因为她除了给哈喇泊带来吃的，还带来一些俄罗斯商品，就地售卖。她开玩笑说不能白跑，得把汽油钱赚回来。男人们喜欢的伏特加和刮胡刀，女人们喜欢的围巾和小镜子，孩子们喜欢的奶酪饼干和巧克力，很快就卖光了。她会说汉语，但不流利，万吉镇人与她讨价还价时，她嘴跟不上，就用计算器代她说话。当数字不再变幻，买卖双方都满意时，她会亲一下计算器。

乌霞看望哈喇泊，总要在万吉镇的客店住一夜。人们和她熟了以后逗她，为啥不去哈喇泊家里住？乌霞总是说，等他把牙镶了再说。人们把话传给哈喇泊，说看来乌霞对他有意。哈喇泊沉着脸说她想得美，要是她住进来，爷爷奶奶和父亲的魂儿，还不得半夜回来，合力把我的锅砸了,让我连汤都喝不上!

万吉镇的人私下议论,除了家族往事像根刺,一直扎在哈喇泊心头,使他不愿和一个俄罗斯女人亲近,还有就是跟过他的女人都怀不上孩子,让他有了心理阴影,所以他拒绝一切女人了。

哈喇泊晚年喝汤,从万吉镇开始,一直喝到黑河、同江、抚远、孙吴和饶河。他打鱼打到哪儿,就喝汤喝到哪里,他的故事也就流传到哪里。只要你到了黑龙江流域沿岸的地方,走进馆子,听到呼噜呼噜的喝汤声,说明你可能遇见哈喇泊了。听说他近两年迷上了饶河,因为张雪在哈喇泊出狱的那年因病去世后,她那出了车祸的残疾儿子,看上了饶河的风景,来这儿开了家江鲜小馆。哈喇泊怀念张雪吧,常来饶河打鱼,把鱼低价卖给这家小馆,在此喝汤。

对面的女人把故事讲到这儿,恰好摇着轮椅的店主,端着一壶酒,风一样经过,我说难道他就是张雪的儿子?摆渡人不语,只问我,这故事值这顿饭钱吗?

我连连说太值了太值了,追问哈喇泊在哪儿。

摆渡人说,这不突发"新冠肺炎"疫情了吗,别说是饶河，春节后乌苏里江沿岸所有的餐馆，都关门了，哈喇泊没有喝汤的地方了，听说他出狱后也不大会做汤了，饿得不轻。有人说他又去看守边境线了，他不是奔航标船去的，他帮政府义务监督，怕携带了"新冠肺炎"病毒的人，非法越境过来。当然也有人说他那是遥望乌霞呢，因为乌霞因疫情滞留在布市，他们好久不见了。

我嘀咕道："餐馆那会儿都关了，哈喇泊喝不上汤，可别饿死哇。"然后哇哇哭起来。

摆渡人就在哭声中无声无息地消失了。

我醒来时已是凌晨四点，同寝的人在我的床头柜留下张便条，说他们去乌苏里江看日出，早饭时见。我觉得头昏脑涨，不记得昨晚在江鲜小馆喝到几点，又是怎么回来的。洗漱完毕，喝了杯热茶，我精神不少，五点多来到乌苏里江畔。

太阳升得高了，江面荡漾着笑容似的波光。健身的、垂钓的、洗衣的占据了江边。我和一个骑着摩托车来刷牙的汉子攀谈起来，问他为啥来这洗漱，他说能对着乌苏里江的旭日刷牙，多有朝气啊，所以只要是好时节，他从不错过这享受。我们正聊在兴头上，单位的领导和同客房的同事过来了。他们老远就喊我的名字,说你昨晚醉成那样,还能爬起来,真是不容易啊。待他们走到近前,领导先和我握了下手,说虽然他要退休了,不该管太多的事情了,但还是得批评我,昨晚怎么能一个人去小馆子喝得人事不省?万一喝出事咋办?他说你不是说去看姑妈吗,不能因为馋酒喝了就撒谎啊。我赶紧道歉,谎称没和姑妈预先打招呼,去她家扑个空,肚子又饿,所以一个人去吃江鲜了,没想到那家小馆子土烧的酒劲大,差点把我喝到另一世了,实在罪过。

领导笑了,说你犯了错儿,态度倒不错,以后注意就是了。领导继续向前散步,同客房的同事停下脚步,对我说昨晚接到江鲜小馆打来的电话时,他吓坏了,是他赶去把我背回去的。他说你一个人咋能喝两斤酒,不要命啊。我不好意思说是和一个女人一起喝的,只问他小馆的人怎么找到的他。同事说店主从我身上摸出手机,又找出酒店房卡,想着万一电话拨到亲属的号码上,让家人跟着着急不好,就按照房卡信息,拨到酒店房间,看看有没有同住的人,赶巧那时他刚洗完澡,接着了电话。他跟我道歉,说本来想悄悄把我弄回来的,可他怕带我回酒店时被领导撞着，再说他隐瞒，所以只好先报告了。

我说没关系的，换作我也会报告。

同事拍了一下我的肩膀，说你咋哭成那样呢？我背你回来时你还呜呜哇哇的，弄得我肩膀头都是眼泪和鼻涕，半夜还得洗衬衫！

我说有泪的男人都有情啊。

同事说情多了也伤身啊。

我拍了拍他肩膀，笑着告别他，说早餐想独自在外边吃，然后去了昨晚去过的江鲜小馆。

还不到早餐高峰，但这家馆子已开始营业了，有两个客人在吃香喷喷的鱼丸面，一个嚷着来点儿醋，一个叫着上点儿辣椒油。店主答应着，一边给他们递调料，一边跟我打招呼，说你昨晚回去那么晚，起得够早啊。

显然他记得我这个醉鬼，我走到老位置坐下，点了一碗鱼杂面。

店主先送来一杯柠檬蜂蜜水，说是醒酒，然后问我还在饶河住几天，我说吃过早饭就回哈尔滨了。

我问店主，昨晚跟我一起喝酒的女人，是这里的常客吗？她说自己在乌苏里江摆渡，很会讲故事，不是因为听她的故事,我也许喝不了那么多。

店主说你昨晚就一个人喝呀,不过你在桌对面摆了筷子和酒盅,一个人哇哇说话,你这是纪念谁吧?最后客人都走了,你醉得说胡话,说乌苏里江往北流,那是为了看北斗星,有北斗星的地方就有英雄的魂灵啊,最后你哭起来,我才翻了你的兜,找出酒店房卡,按照房号,试着打了电话,还好你有一同住的人。

我觉得头皮发麻,我说那个穿绛紫色麻布长袍的女人,我看得真亮儿呀。

店主善意地笑笑,说那就当她来过吧,谁的一生没有几场梦魇呢?

店主说完,又问:"你裤兜咋揣了那么多烟头?我翻房卡时翻到它们,想帮你扔了,又一想你可能留着做纪念的,就没动。"

我把手伸向裤兜,也不知是我手心出汗,还是宿在江边,烟头夜里受潮了,那堆烟蒂竟湿漉漉的,好像被人吻过。

我问店主,你母亲叫张雪是吧?

他吃惊地睁大眼睛,说你咋知道?

我用他的话回答他："谁的一生没有几场梦魇呢？"

店主说就你这神算，后街有个彩票厅，赶紧去买一注吧，一准儿能中大奖！

鱼杂面上来了，可我胃口皆无。我把筷子插进碗里，当桨划来划去。店里客人渐渐多了，灶房也喧闹起来。就在那碗面已凉、我准备买单离开的一瞬，忽听背后传来一阵喝汤的声音。

这声音初始像穿越幽谷的强风，带着股气吞山河的力量；跟着又像乌苏里江的水流，慢了半拍，变得深沉而有节奏；忽然这像风又像流水的喝汤声，又起了变奏，一阵剧烈的喘息声闯入，就像呜咽。而喘息声过后，是急板似的更加迅猛的喝汤声，仿佛谁要把大千世界都收入腹中。

我不敢回头，怕在白天看见黑夜，只是咬紧牙齿，用筷子挑起汤面漂浮的一棵碧绿的香菜，立在汤碗中央，它像一块闪光的浮标，更像一棵常青的生命之树。

2021年5月　哈尔滨

白釉黑花罐与碑桥

窑工说徽宗的不凡在于,他这颗心是肉做的不假,但滋养这团肉的血脉,是笔墨纸砚,是五色斑斓的颜料,是能让泥坯脱胎换骨为精美瓷器的窑火,甚至是花香鸟鸣和月光星光。他带来这些身怀绝技的匠人,就是带来了血脉。

楔　子

又来了个姓赵的。

他四十岁上下，黑红粗糙的脸，平头，额头有颗斑驳的黑痣，穿一身不大合体的藏蓝色西装，红领带，紫袜子，黑皮鞋。为来鉴宝特意刮过胡子吧，唇髭间泛着收割后的青光。他怀抱一个半尺来高的三足龙纹云鼎，说这是西周的青铜器，当年宋徽宗被金人所掳带到三姓的，他的远祖是宋徽宗后人，所以这宝贝在他家传了好多代了。

我懒得多看一眼那明显造假的玩意儿，鼎上的龙纹张牙舞爪，粗鄙不堪，这可不是西周的线条，我毫不客气地对他说:"东西不必放下了。"

他细长的眼立刻瞪成圆眼了,半是威胁半是乞求地说:"您不仔细瞧瞧? 也不问问我姓啥?"

"你当然姓赵了。"说完这句话,我见他手上毕露的青筋,瞬时瘪了下去,而先前它们血脉偾张,像一条条奔向猎物的蛇。

我眯起眼,享受南窗送来的金子般的阳光,这是西周的阳光、北宋的阳光,也是今朝的阳光,无须鉴定,千秋万代。

那人咳嗽一声、叹息一声,再咳嗽一声、叹息一声,最后"唉——"地长叹一声,绝望地走了。他走得深一脚浅一脚的,脚步声杂沓不堪。一个人泄了气,腿脚就不利落了,再加上他穿的新皮鞋,与那身别扭的西装一样,显然是急就章,与他的脚怎能合拍。

我从哈尔滨到依兰两天了。退休这五年,我驾驶一台越野吉普车,在黑龙江各地寻古探幽,也发挥专业优长,免费给人鉴宝,渐渐地在民间有了些名气。因为经我鉴定为真品的一些私人藏品,得到了国家级文物专家的认可,拥有宝物的主人一夜暴富。

我不做文物贩子，虽说利润空间很大，这倒不是怕违法，而是我资金不够雄厚。我只收藏经济能力承受得起又令我心仪的器物，比如金代的双鱼花枝铜镜、明代的青花瓷碗、清乾隆年间的粉彩山水画盘以及民国的各类酒壶。

当收藏成为一种热潮时，各地的古玩市场也悄然兴起，抱着捡漏心理的收藏爱好者成为这里的常客。但摊主们兜售的器物，十之八九都是赝品。而之前在穷乡僻壤，有些宝物真的不为人识。有农人用明代万历年间的花鸟漆盘去盖咸菜坛子；还有人把辽代的上马酒壶给小孩子当尿壶。细究起来，这样的人家祖上没有不发达的，而后辈又没有不落魄的，以为自家不曾拥有稀罕物。

爱好收藏的，最痛心的就是逢着心爱之物却无力纳为己有。比如我曾在阿城乡下一户人家，见到一个盛黄烟叶的罐子竟是金代的白釉黑花罐，其器型端庄古朴，色彩典雅高贵，釉面似有月光隐隐浮动，就像个穿着丝绒旗袍的气质美女，在勾人魂魄地望着你。罐身的牡丹与枝叶勾勒得富贵又妖娆，像是要从罐子中飞出来爬上谁家的窗棂，为这罐子平添了一份浪漫，让人怦然心动。见我要出高价收购这个罐子，老乡顿悟此非浊物，连说这是他心肝，陪他大半辈子了，不卖。几个月后我再去，房屋还在，但主人已不知所终。

我已是第三次来依兰了。因为北宋的赵佶、赵桓二帝曾被囚于此，这当年的五国头城里，不仅流传着很多关于他们的传奇故事，前来鉴宝的人里标榜赵姓的也不少。仿宋徽宗赵佶的书画作品，一如陈年枯叶，有点收藏风就飞出来了。

还记得我第一次来，有个酒气熏天的男人，拿着一页泛黄信笺，愣说是宋徽宗写给金高宗的密信，价值连城，给他两万他就出手。见我不理，他抖着信笺说，瞧瞧这有筋无骨的瘦金体，只有他妈的不爱江山爱花鸟的徽宗才写得出来啊，你看走了眼，可别后悔呀。我抢白他，花鸟不是江山吗？而我第二次来，有个肥胖的自称姓赵的艳服女人，袖着一方褪色的粉绸，说这是徽宗皇后韦贤妃用过的。而这次竟有人仿造西周的鼎蒙我，委实让人不爽，这分明是嘲弄我的专业才能。

其实我这次来还是有收获的，得了一盏曾任依兰镇守使的抗日名将李杜将军的台灯，要知它照亮过多少黑暗的夜晚啊。李杜因尊崇李白、杜甫，把原名李荫培改为李杜。

他的二夫人王者培在东北很有名气，是个舞刀弄枪的女侠，传说她爱上了李杜将军，但李杜有夫人，于是刁难她，说除非你打下城门塔上的鸽子，才会考虑。王者培手持双枪，砰砰两声，一双鸽子自塔顶坠下，成了她婚礼的爆竹。此行我还得了一幅曾任依兰道尹的莫德惠的字。日本侵占东北时，莫德惠正在苏联，他闻此消息，放声大哭。清末依兰城门上"东北重镇，中外通衢"的横额，就是莫德惠题写的。

依兰山岳环抱，多有庙宇。这里水系纵横，除了浪漫汇合的牡丹江和松花江，还有散发着竹笛般清音的倭肯河和巴兰河。来这儿的游客，看山有山，观水有水，寻古有古。依兰在金朝设路治，称胡里改路。乾隆年间，这里就是著名的通商开放市场，有大码头，商户林立，贸易繁荣。光绪年间设依兰府，后为依兰县。它别名"三姓"，源自满语"依兰哈拉"，满语中"依兰"为"三"，"哈拉"为"姓"，当地不少百姓还习惯叫它的老名字。而不管历经了哪朝哪代的风云变幻，依兰最为世人所知的，还是徽钦二帝在这里"坐井观天"的囚禁岁月。

送走最后一个鉴宝人，我正打算出旅馆寻个吃杀猪菜的地方,林蓓来电,也不问我在哪儿,张口就发脾气,说:"你快滚回来吧,我可受不了你妈了!"

林蓓比我小九岁,是我现任妻子,已是一家企业的副总了。她年薪比我高,长相不俗,自我们结婚,母亲一直看她不顺眼,觉得我找了个跟王姝同路的女人,好不到哪里去。

王姝是我前妻,貌美如花,性格活泼,在一家医院做护士,女儿十岁时,我发现她和一个有家室的官员有染,于是提出离婚,王姝欣然同意,我们平分财产,女儿共同抚养,也算分得寂静和体面。

被戴过绿帽子的男人再找女人,总觉是走夜路,有姿色的都觉得是鬼,让人脊背发凉。

我是在一个朋友的聚会上遇见林蓓的,她鹅蛋脸,黑黑的眼睛,剑眉,红唇,一头秀发,身形高挑,衣品极好,举止得体。朋友说她刚离婚,前夫是搞动力学研究的专家,出轨女博士,林蓓一怒之下离了婚。我想我们有相似的情感经历,再组家庭,定会彼此珍惜。但母亲见她第一眼就不喜欢,说:"你当自己是拎着金箍棒的孙猴子啊,怎么又招了个妖精来家?"但我迷上林蓓,不顾母亲反对再婚了。

林蓓那时是企业的中层干部,常陪老总出差,母亲说她一准是跟别人撒野去了。婚后林蓓才跟我说,其实她是个丁克,前夫本来也是,说好了不要孩子一起走到底的,可婚后他就改主意了。前夫出轨,也是想刺激她主动离婚,好再婚生子。林蓓说她之所以没婚前说,是因为坚信我这样有襟怀的文人学者,不在乎这个,再说我有孩子了。林蓓虽然给我戴了人格的高帽子,但我依然不爽,觉得她心机重。母亲知道林蓓不想生孩子的坚定意志后,气得大病一场,尽管不喜欢她,但还巴望着再得个孙子呢。

林蓓性格强势,业务能力强,人脉广,一路升至副总,风光无限。我们在经济上各自独立,她的钱主要消费在奢侈品店、美容院、高端餐厅和海外游,而我乐意把钱用于收藏、购书和国内自驾游。林蓓过了五十岁后,气质大不如从前,也许是企业复杂的人际关系给折磨的。她打电话时,我常听她对张三说李四的坏话,转而又对李四说张三的不是,简直是个面具女王。还有她近年睡眠差,大把掉头发,黑眼仁少白眼仁多了,她跟我说话翻眼珠时,我感觉她眼里堆着肮脏的雪。

母亲一直怀疑林蓓在外面有人,所以只要我离开哈尔滨，她就把保姆打发走，要林蓓回她那儿住，名曰陪伴，实则监视。这不林蓓控诉大中午的，母亲让她回去喝人参乌鸡汤，说是入秋后得补了，不然缺营养，头发掉光了，人家还以为她儿媳妇要去当尼姑。我明白母亲并不是真的关心林蓓的身体，她就是要占领她的午休时间，因为母亲跟我唠叨过，她听说出轨的上班族，通常是利用午休时间，在快捷酒店或办公室鬼混，晚上回家跟没事人似的。

无论是前妻王姝还是现任林蓓，我都无感了，相信她们对我也一样。我现在的家，就像一个开放的码头，为着利益，什么船都可以靠港。王姝退休后常带女儿过来，她鼓励我收藏，不是欣赏它们独有的文化价值，而是为着我们的女儿着想，说这是软黄金，能做女儿的传家宝。这话对自甘放弃生育后代的林蓓来讲，字字诛心，所以林蓓喜欢挥霍钱财，反正无人继承。林蓓一身名牌地走出家门时，我总觉她像稻草人一样，身上没有血肉。

挂断林蓓的电话，我没心情去寻杀猪菜馆了，想着旅馆斜对面有一家砂锅豆腐店，随便对付一口算了。

依兰晚秋的风儿与哈尔滨一样，由润而滑的丝绸感，蜕变为凉而硬的金属感了。没有都市高楼的层层阻隔，风儿更自由也更凌厉，吹得人睫毛忽闪。小城依山傍水，草木气息浓，汽车尾气少，空气清冽干净，让人神清气爽。我进了小店，点了一个排骨豆腐砂锅、两张葱油饼，全部消灭掉，只觉身体动力无穷，很想出去撒撒野。刚好有食客在讲巴兰河，说这段时间去那儿看五花山的人不少，我便想去巴兰河景区转转。

主意已定，我赶紧回去退房，驾车奔向巴兰河。

我的背囊中备有常用的急救药品，还有指南针、防水火柴、手电筒、望远镜、搪瓷杯和水果刀等野外生活工具，以及瓶装水、食盐、糖果、压缩饼干等。对爱读书的我来说，包中还少不了一两本书籍。

出了旅馆向西不远，是一条商业街，城镇化改造中，很多地方的房屋被粉刷成一个颜色，比如土黄色，依兰的这条街就是这样。这颜色在我记忆中，仿佛火车站专有。好在土黄色的建筑物上，有五颜六色的牌匾，无论冬夏都绚丽夺目。超市、银行、浴池、药房、烧烤店、冷面馆、渔具店、鲜奶吧、佛事用品店、理发店等依次排开，这生活的花朵，即便是在新冠疫情中，也不凋零。

快出城时，见到一处建筑工地上，两台挖掘机正在作业,一个工人在瓦砾中叼着烟撒尿,他旁边站着一只摇头摆尾的黑狗。这路段大货车和摩托车明显多了起来,它们体积不同,气势却一样,跑起来蛮气十足,这都是路上的祖宗,我小心翼翼避让着,到了哈肇公路才松口气。而上了依兰旅游公路,那就是走上幸福大道了,路况很好,车少人稀,风景也美,我把车窗摇下,听着原野的风声。

依兰旅游公路有三十多公里长。中秋和国庆将近,正是游客青黄不接的时节,往来车辆极少。夏候鸟大都迁徙了,偶尔从草丛飞起的一两只禽鸟,也都飞不高。它们有的是因出生晚,体力不行,难以展翅高飞,有的则是因伤或衰老得飞不动了,还在北地苦熬。命好的在落雪前挣扎着南飞,或是被候鸟保护站收留,命差的就葬身于寒流,那丝绸般的羽翼就此在天空消失。当我放慢车速,贪婪地呼吸着山野清风的时候,一只成年苍鹭忽然从水边半青半黄的草中拔头而起,它栽棱着翅膀,飘飘摇摇地跟着我的车子飞翔,随时随地要栽倒在地的模样,一看就是受了伤。

我最不喜欢的鸟儿就是苍鹭了,不是因为它嘴长脖长、细脚伶仃,一副刻薄相,而是因为母亲常把我跟它类比。苍鹭捕食时会像岩石一样,待在一个地方久久不动,静待猎物，所以当地人也叫它长脖老等。它不挑食，撞上什么就吃什么。母亲说我在婚姻上就是个长脖老等，不知道四处寻觅好姑娘，傻呵呵地撞上王姝就娶了王姝，撞上林蓓就娶了林蓓。所以每次路遇苍鹭，我都会加快车速掠过，仿佛是甩掉了母亲的嘲笑。

我到巴兰河景区时是午后三时，太阳已向西了。在一座挂着红灯笼的山庄停下车，我跟庄主说想租条橡皮艇漂流巴兰河，留着一撇小胡子的他瞪着我说："兄弟这是啥时候啊，都快下霜了，还上水里整啥浪漫！"

我说："那你还守着这山庄干吗？"

他又瞪了我一眼，说："收秋啊。"

我以为他在附近种植了庄稼，再交流才明白，这两年因疫情，山庄一关再关，游客锐减，生意难做，就巴望着中秋和国庆假日时，来看五花山的人带来个小高潮，收个游客的秋。我问他这两个节日的客房预订情况好吗，庄主害了牙痛似的抽着嘴角说不咋样，预订中秋节的只有四间房，还都是普通间。国庆节的稍好一些，两个小套房都订出去了，普通间也有五间。他说要是搁前些年，这儿的客房闲的时候少，可现在整座山庄，只有五个客人。三个年轻的是来拍五花山的摄影爱好者,一对老夫妻是银婚旅行,他们消费都不高,实在没啥赚头,勉强维持员工开支。

我好说歹说,庄主就是不肯租橡皮艇给我,说早过了漂流季了,今年水又大,后天就是中秋节了,万一我有个闪失,他们踩了假日游安全的地雷,那可就遭殃了。他建议我住下,可以出去转转山,看看奇峰异石。他说当年跟宋徽宗发配到依兰的九个侍女,因不堪金兵凌辱,在巴兰河投水而亡,魂灵化作秀丽的山峰,离这儿不远,日落前可探寻一下。有人说男人看了这九女神峰,会交桃花运呢。

我没有好气地说:"交桃花运的男人哪个不被桃花水淹死!"

庄主哈哈笑着拍着我肩膀说:"兄弟这是蹚过桃花水受过伤哇。"

见我对九女神峰不动心,庄主又说这附近还有蘑菇,可挎个篮子采山,用自己采来的蘑菇,去厨房做个鲜蘑炒白菜片,再弄个清炖细鳞鱼,来上一壶老酒,这个夜晚就是仙女来陪,咱都不干!

巴兰河景区的山庄还有不少,可是日色渐暮,我还想趁亮出去转转,再说庄主是个有趣的人,所以不想再寻别处,先办了入住。

我肩挎背囊出门的时候,庄主嘱咐我注意野兽,天黑了就回来,别往密林中走,万一碰见黑熊,这家伙冬眠前正要储存能量,我这么大块的优质蛋白,它是不会放过的。

秋风是大自然的调色师,巴兰河两岸的山峦和原野,被它点染成了花园。杨树的叶子黄了,但它黄得参差,土黄、鹅黄都有,不像白桦树跟个富翁似的,披挂着满树金币似的金黄叶片。柳树叶子的颜色最丰富了,半青半黄的有,半红半粉的也有。最红的要数柞树了,它那蝙蝠似的叶片油红油红的,像上了蜡。落叶松的松针就两种色,落地的是深褐色的,还在树上的是浅黄色的。只要一阵风吹过,你看林间吧,简直是天女散花,斑斓的秋叶满天飞。但这样的绚丽,是大自然的回光返照,因为秋叶终归飘零,褪掉颜色,成为腐殖土的一部分。我踩着林地厚厚的落叶,感觉是踏着油彩前行,脚下流光溢彩的。

庄主诳我,这时节哪还有蘑菇啊,我不止一次以为发现了榛蘑,可凑近一看,总是落叶,榛蘑和落叶在长相上酷似。兜兜转转了一小时,只找到几个半干的桦树蘑。我爬到半山坡时,太阳开始下沉了,夕阳仿佛一个气韵饱满的歌者，一旦它开嗓，晚霞就缕缕飘出了。我掏出望远镜回望山庄，想看看沐浴着夕阳的它，是否成了金殿，这时我意外地发现了一条船。

这条船停泊在山庄东侧的一棵大杨树旁，面向巴兰河。船是木船，不是那种为游人预备的橡皮艇，也许是山庄员工用来捕鱼的。要知道住进这里的游人，谁不渴望灶上的河鲜呢？这条黑黢黢的船，在我眼里比任何一道晚霞都绚丽，再次点燃了我漂流巴兰河的热望，而我有数的几次漂流，都是在日光里。想想太阳落了山，避开庄主和游人，悄悄推船入水，来一个月夜的漂流，独享一条河，听水声、风声和落叶声，该多享受啊。

锁定了船的方位，我不再登山，而是席地而坐，目送夕阳。秋天的太阳落得就像疾驰的车轮，滚滚向前，一刻钟左右，大半个身子沉下去了，再七八分钟，夕阳完全不见了，它在最后时刻留下了对天空的热吻，玫红与金黄的晚霞弥漫在西边天。但这是黑夜最觊觎的吻，用不了多久，它们就会被吞噬。

山庄客人少，不必在意会撞上花前月下的人。所以太阳一落，我就起身下山，一直到巴兰河畔，只碰见几只忙活着往洞里藏松子的松鼠和几只被我惊飞的苏雀。晚霞消散，夜色渐起。那条船半新，还有腥味，看来是打捞河鲜的船，船桨不像我想象的怕客人乱用而藏在别处，桨就在船舱贴心地放着，而且船舷接近水面，我毫不费力地推船入水，开始漂流。

入水后我才发现船在山庄的下游，所以更不用担心庄主会看见我了。我摇船离岸时，感觉是个成功逃学的孩子，直想放声歌唱。山庄灯火旺盛，可等我划了一段，在河流转弯处回身遥望时，山庄的灯火就像一团渔火了。

巴兰河是由山泉水汇聚而成的，非常清澈，虽然夜色迷蒙，但在水浅处，还能隐约看见河底的卵石。河道初始宽阔，大约十五六米宽吧，但转了两三个弯之后，它忽然收紧了心，河面变得狭窄起来，也就六七米的样子，伸出手臂能抓到岸边的柳树探过来的枝条。水流变得湍急，我努力保持着平衡，不让船过于摇摆。

船行七八里后，月亮升起来了，照得巴兰河像大地的闪电似的，瞬间亮了起来，猛然间觉得河上鱼群飞舞，仔细一看，却是形形色色的落叶。落到水里的叶子，不甘命运的，可以随着巴兰河汇入松花江，心性更高的，没准还能汇入黑龙江呢!

月亮初始光华满面,但它在夜空没骄傲多久。当船行至一处宽阔的水域时,天突然阴了起来,月亮被云彩遮住了。先是片状云像羽毛似的撩拨月亮,也顺带给它们点染了春心,令片状云红了脸庞。但随着铅灰色的块状云堆积而上,月亮逐渐沦陷,挣扎着发出微光,最后被浓重的乌云彻底埋葬了,河面骤然黯淡了,风也起来了。山里的天气就是这样,几分钟前还云淡风轻,转瞬却是狂风暴雨。

先前漂流时,我还嫌夜晚太过恬静,波澜不惊,少了刺激。现在狂风一起,两岸的树疯狂摇曳,呼啦啦作响,像一颗颗手榴弹,要炸毁这暗夜似的,再加上野鸟惊叫,暴雨如注,河面雨雾蒸腾,波涛翻卷,小船剧烈颠簸,我立刻兴奋起来。

可这激情没有持续多久,雨越下越大,河面一片模糊,分不清哪儿是岸,身上阵阵发冷,我打算结束这冒险的夜漂了。我吃力地辨认着方向、寻找上岸之地时,船被一个大旋涡击打得侧翻,船舱进水了,这让我分外紧张,因为我并不会水,如果没有了船,我在河里就失去了心脏。

我渴望闪电的出现,这暴雨的先遣军,是天空的手电筒,会让我在瞬间辨明哪儿适合靠岸。可是闪电是夏天的轻骑兵,到了秋天就偃旗息鼓了,不再亮剑。我睁大眼睛仔细观察,发现眼前是墨色和灰青色交织的色团,我判断出大面积的墨色是岸,而呈带状分布的灰青色,则是河流。只要朝着墨色方位,感觉船不太颠簸时,说明那是水流相对平缓的河段,就可靠岸。

然而船侧翻时涌进的河水与持续的暴雨倾入,使得积水已没过我脚踝,船开始渐渐下沉。当我意识到不妙时,也不管身处什么样的河段,赶紧朝着浓重的墨色划去。

在我努力靠岸的过程中,船又雪上加霜地"咣当"一下撞上了什么,这让我肝肠欲裂,头晕眼花,跟着似有一只大鸟掠过,它的翅膀扫着我的额头,像是重重地给了我一拳,生疼生疼的。我想鸟儿飞去的方向一定是山,山就是岸,而那是墨色区域,我判断的方向应该没错。可是风越来越大,船像是被撞傻了,原地打转,剧烈摇摆,只两三分钟,就彻底倾覆,把我抛入冰冷刺骨的巴兰河。

上半夜：白釉黑花罐

救我上岸的是个四十多岁的男子，他相貌平平，刀条脸，八字眉，小眼睛，扁平鼻，目光黯淡，面无血色，穿一身铁灰色的衣服，黑胶鞋。我睁开眼睛时，已在他的窝棚中了。松木杆搭起的窝棚像个大斗笠，扣在巴兰河畔，一团月亮似的火，在窝棚中央发光发热，像一颗勃勃跳动的大心脏。

他对我说的第一句话是："来了。"

我躺在一堆干草上，问坐在火堆旁的他："这是哪儿？"

"巴兰河啊，"他说，"你在河里翻了船。"

我说："知道这是巴兰河，可这是哪一段呢？"我说出了投宿的山庄名字，问这里离那儿有多远。

他说巴兰河就像一个人的身躯，缺了哪段都没好活的，所以河流是不分段的。至于我提到的山庄，他从未听说过。

我说:"看来你不熟悉巴兰河景区,你是过路的渔人?"

他告诉我他是个窑工,祖上就是干这个的。

我说:"依兰这地方还有烧窑的吗,我怎么没听说过?那你是给建筑工地烧红砖的了?"

他用看待俗物的眼神,同情而又失望地扫了我一眼,说他是烧瓷器的。

我想他这是守窑场的了,刚想打听这里几孔窑、烧窑的土黏性大从哪儿运来、成品的瓷器又销往何处,窑工站起来,或者说从我面前升起来。我不算矮,但他比我还高出一头呢,似乎要把窝棚给戳破了!他走向一个草编的箱子,取出一套藏青色衣服,嘱我换上,说要出去看一下窑火,一会儿回来给我煮点吃的。

我望着窝棚顶那个苹果大小的圆孔,它既可走烟,也可瞭望天光。看得出夜色沉沉,雨还没停,因为火堆时常发出吱吱的叫声,那是圆孔坠下的雨滴,牺牲于烈火的声音。

我脱下湿衣服,换上他给我的那套。衣服叠得整整齐齐，散发着淡淡的香味，好像由女人打理过。上衣是对襟的，裤子是散腿的，料子像棉又像麻，轻极了，软极了，干爽又妥帖，穿上很合体，像是专为我准备的，因我没窑工那么高，也比他胖，显然不是他的衣服。我从脱下的上衣闻到淡淡的盐味，从裤子嗅到了令人沮丧的臊味，看来我拼命挣扎时没少流汗，而且吓尿了裤子。

那条翻了的船漂哪儿去了，我该怎样跟庄主交代？夜漂时我将背囊搁在舱里，船出了事故，它自是不保，里面的救急物品，此刻已成了河里的怨鬼。我记得只有手机不在背囊，放在了上衣口袋，连忙将手伸向那儿，可是我没摸到硬的东西，却摸出一条柔软的小鱼，因为上衣的布料密闭性好，兜里还存着一汪水，尽管小鱼气息奄奄，尾巴却还像将尽的烛火一样，吃力地摇摆着。想想这条莽撞的小鱼误入口袋的网叫人怜惜，窑工救我一命，我理应救它一命，我捧着小鱼走出窝棚，顶着细雨，把它放归巴兰河。

窝棚搭在岸边的柳树丛中，距巴兰河也就八九米，如果没有那团火透出的微光，我可能没有勇气走向巴兰河了。河对岸是黑魆魆的望不到边际的山，哗哗的流水声听起来像野兽发出的饥饿的叫声。

我给小鱼放生完，回去时窑工已坐在火堆旁的木墩上，专心致志地煮着什么了。窝棚里弥漫着一股奇异的香味，像肉香鱼香又像花香果香，总之是复合香味，强烈撞击人的嗅觉神经。

我坐在窑工对面一截磨掉了皮的圆木上，望着火堆四周那圈不规则的青石，说："你围挡这圈石头，是怕火蔓延烧了窝棚吧？"窑工点点头。我又问："这些石头是从巴兰河取来的吗？"窑工说："河里的石头不适宜围火，它们被河流冲刷后会有空隙，遇热可能爆炸，所以这些石头都是从山上采来的。"窑工这样说让我心安许多，巴兰河的石头，在我眼里已是地雷了。

窑工煮好了吃的，拿出一只粗瓷新碗，说是单为来客预备的，先给我盛上，又拿出一只旧碗，给自己盛上。他端给我，说："趁热吃吧，你这一路过来，也是辛苦。"我端起那碗像汤像茶又像糊糊的东西，迫不及待地喝起来。怎么形容它呢，它不像食物，而像凝聚的光，入口后身上立刻暖了不说，先前灰暗的心，忽然间明媚起来，人在瞬间变得愉悦。我对窑工说："我从未吃过让人这么高兴的东西，它是酒吗？"窑工说："你说它是啥就是啥。"

白釉黑花罐与碑桥

我问他有手机吗，我想借用一下，给家里报个平安。

窑工意味深长地看了我一眼，说："你到了这儿，还用报平安吗？"

我说："倒也是，现在家里很少用固话了，我妈和我老婆的手机号码都存在手机里，你就是借给我手机，我也拨不出号，只知道她们一个是移动的，一个是联通的。不过我还能记起我妈的手机号尾数是99，她想活得长久嘛，我老婆的号码尾数是88，她这个做企业的，身上每个细胞都做着发财梦。"

发完牢骚，吃完东西，我觉得身上暖洋洋的，有股说不出的幸福感，特别想听听窑工的故事，我问他祖上从何时开始烧窑的。

他放下瓷碗，双手合十，循环摆动，做出后浪推前浪的手势，说他曾祖的高祖、高祖的高祖、再高祖的高祖、再再高祖的曾祖、再再再曾祖的曾祖，是相州很有名的窑工，他烧的瓷器，整个相州都在用。

他这连环套似的高祖和曾祖，简直是迷魂阵，立刻把我绕迷糊了，我说："那得好几十代了，不是干到古代去了吗？"

他没理我，说就这么说吧，他远祖是给宋徽宗烧瓷器的，你总该知道这个喜欢写字画画的皇帝吧？

我说："黑龙江人谁不知道徽钦二帝——赵佶和赵桓呢？依兰是他们当年'坐井观天'之地啊。"

我好为人师地跟他说："提起坐井观天，并不像后世有人理解的，徽钦二帝被金人投进井底囚着，实际上这个'井'，是地窨子，地窨子知道吗？是半地下的窝棚，这里大半年的冬天，冒烟泡儿一刮，人会被冻僵的，地窨子北面封堵，南向开矮窗，能见天光，抗风抗雪，那时老百姓多住这样的屋子。而到了夏天，徽钦二帝住的是四合院。"我说这番话时，显然把窑工当成了外来的。

窑工用手指弹了一下瓷碗，它发出一声明丽的叫声，让我疑心瓷胎中藏着一只夜莺，他说："地窨子谁不知道呢。"窑工问我，"你知道他们是怎么到的五国城吗？"

我说："徽钦二帝从汴京被俘北上，先抵达的是燕京，就是现在的北京，之后再到上京，也就是如今的阿城，最后又从上京被发配到胡里改路的五国头城，人们习惯叫它五国城，就是依兰了。"我说在上京，金主竟让徽钦二帝穿孝服，拜祭金人祖庙，封赵佶为昏德公，赵桓为重昏侯。

白釉黑花罐与碑桥

窑工叹息一声说："宋太祖灭了南唐，不是也封李煜为违命侯嘛。"

我说："是的，还有传言说宋徽宗是李煜转世的呢，两个皇帝结局惊人相似，且艺术成就都高。不过颇具讽刺意味的是，把侮辱性封号送给徽钦二帝的金熙宗，最终被自己的堂弟完颜亮刺死，也被降封为东昏王。完颜亮篡位为帝，他骁勇过人，才华盖世，我喜欢他的两首咏雪词。'天丁震怒，掀翻银海，散乱珠箔。六出奇花飞滚滚，平填了，山中丘壑'，气象浩茫不是？还有'锦帐美人贪睡，不觉天孙剪水，惊问是杨花，是芦花'，又柔肠百结不是？但《金史》对这个海陵王评价不高，他嗜杀好色，说他'三纲绝矣'。一般人能够记得他，是因他将国都从上京迁到燕京，成为入主北京的第一个王朝，不过完颜亮结局也不好。"

窑工对我欣赏完颜亮的词显然不忿，他先是说："这样的人哪有好结局呢？"之后吟哦，"春花秋月何时了，往事知多少""问君能有几多愁，恰似一江春水向东流"，说这才是千古流芳的句子。窑工谈吐不凡，我怀疑他并不是干力气活的。他用木棍拨弄了一下火，很奇怪的是，他的脸庞遇到火光，不是红了，而是青了，像抹了一层水泥。他说："徽钦二帝被俘到北方的路线，你说得不差，但你知道他们到了五国城，还剩多少人吗？"

我说："那时行路靠的是车马和步行，据说一行三千多人从汴京出发，最后到了五国城，只剩几百人了，被金兵打死的，以及冻死的、饿死的、病死的、自尽的都有。就说这巴兰河吧，传说宋徽宗的九个侍女，不堪金人凌辱投河了，她们死后化作了秀丽的山峰，我要是去看九女神峰，还不至于在巴兰河翻船吧。"

窑工说："那是传说吧，能活到五国城的，哪会轻易就投河呢？"

我说："倒也是啊，嫔妃们随着徽钦二帝被押解到这儿，谁人不是庶人？她们自知来后没有好命，想死的在汴京就死了。史载徽宗帝到了这儿，除了被金人霸占的嫔妃，他依然拥有皇后和妃子，徽宗一生有八十多个孩子，在五国城不是也得了六子八女吗？"

窑工说："是啊，要说金人对徽钦二帝也算优待，虽然他们失去自由，但吃喝不用愁，也有杂役侍奉着。北宋亡了，徽宗第九子赵构建立南宋，金人可拿徽宗钦宗做人质，

白釉黑花罐与碑桥

要挟南宋割地。"

我说："是啊，女真人可是绝顶聪明的。"

"你是女真人的后代？"窑工问时，目光泛着寒光。

"女真人，那是多少辈子之前的事儿了，我是满人。"

"祖上是，就是。"窑工这样说的时候撇着嘴，似乎对我不认祖有些不齿。

"那您祖上来自中原，一定是汉人了？"

窑工说他祖上从汴京跟徽宗帝到的五国城，自然是汉人了。他说这话时，眼睛忽然变得明亮、清澈和温柔，他也开始回归正题，给我讲祖上烧窑的故事。

跟着徽钦二帝来到五国城的，除了他们的皇后、嫔妃、杂役，还有道人、僧人、石匠、花匠、画工、织娘、窑工等等。宋徽宗钟爱艺术，他所藏的字画和历朝文宝，被俘时多为金人劫掠，这对徽宗来说，跟失去江山一样令他痛心。徽宗钦宗被俘，史称"靖康之耻"，而能忍下奇耻大辱的人，自不是凡人。窑工说徽宗的不凡在于，他这颗心是肉做的不假，但滋养这团肉的血脉，是笔墨纸砚，是五色斑斓的颜料，是能让泥坯脱胎换骨为精美瓷器的窑火，甚至是花香鸟鸣和月光星光。他带来这些身怀绝技的匠人，就是带来了血脉。尽管他不再享有锦衣玉食的日子,但有了这些,还能活下去。

我插言道:"其实金熙宗和完颜亮,包括他们的叔父金兀术,也都崇尚汉人文化,他们押解徽钦二帝北上,从中原带来这些匠人,也有借鉴他们优良技艺的意图吧。"

窑工说:"那是自然,好东西谁不稀罕。"

窑工说他祖上到了五国城,因是匠人得到优待。与其他男性俘虏被编入兵籍、集中在巴兰河畔不同,他和徽宗、钦宗以及皇室的人,住在靠近胡里改江的地方。

那时金人所用的瓷器,多来自现在的河北和辽宁一带,以白瓷、黑瓷和酱釉瓷为主。这些碗盘、瓶罐、灯盏等瓷器的胎骨较为笨重,杂质多,瓷化一般,釉层较薄,不够均匀,是日常所用的粗瓷,跟北宋官窑的那些精美瓷器相比简直天壤之别。金人喜欢汉人的瓷器,勒令被俘的窑工烧瓷。就在巴兰河畔,当年有七孔窑。烧窑用土,一部分取自巴兰河畔黏性较大的滩地土,一部分取自东山北角矿化的灰土。从中原来的窑工,在瓷器的刷花和刻花上,技艺高超。汉人相对比较喜欢花鸟人物的装饰,金人虽也对植物情有独钟,但偏爱描画动物,窑工说他祖上烧过一窑的碗，专为金兵用的，碗壁描画的都是奔腾的马。

我说："那你祖上烧的瓷器，徽钦二帝能用上吗？"

窑工说他祖上是窑工的头领，每年总会有那么一两次机会，见到徽宗，当然金人不会让他主动拜见的。金人从皇帝到小卒，都知道被俘的这个亡国之君懂艺术，所以对他也算宽待。

窑工说他祖上有时故意烧坏一两窑的瓷器，说是只有徽宗明白症结在哪儿，求见徽宗，加上给通融此事的金人一点贿赂，事情也就成了。窑工说他祖上觐见徽宗时，总要带两三件烧坏的瓷器，以示请教，见了徽宗长跪不起，徽宗也不唤他起来，因为除了跟他一起被俘的人，没谁跪他了。

金人崇尚黑白色，罐子和瓶子白釉黑花的居多，但无论材质还是纹饰，都不够精良，而汉人窑工烧制的白釉黑花器物，在保持金人瓷器古朴粗犷的基础上，施以温润的釉色和细腻灵动的纹饰，所以巴兰河窑烧制的瓷器，那时很为人们喜爱。窑工说他祖上携带烧坏的瓷器时，总要夹杂一件私藏的精美器物，徽宗见了，欢喜又怅惘。欢喜的是饱了眼福，怅惘的是这样的器物，必须尽快砸烂毁掉，以免引起麻烦，因为金兵一直看守着他，他只能留下那些有缺憾的器物。

窑工说他祖上说徽宗曾慨叹金人也是懂得美的，黑白色是万古不朽的颜色。

徽宗曾让窑工的祖上偷着给他烧过三件器物。一个是带老虎图案的瓷枕，因为他总做噩梦，据说虎能辟邪，远离噩梦。窑工说他祖上烧虎枕时，为了让徽宗能用上，只得往残次了烧，枕窝凹凸不平，釉色深浅不一，老虎的样子倒是栩栩如生。徽宗枕了这虎枕，据说睡得踏实了些，噩梦少了，但境遇的噩梦却是无法摆脱了。

我说："那个噩梦他怎能摆脱？ 宋徽宗一直幻想南归。'彻夜西风撼破扉，萧条孤馆一灯微。家山回首三千里，目断天南无雁飞。'这是徽宗在五国城写的诗，有研究者依照'破扉'二字，说徽宗的住屋四处漏风。其实这是与汴京皇宫东京城做的一个心里比较，在富丽堂皇的宫殿面前，柴门小院无疑是破的。"

窑工说这倒也是，徽宗忘不掉东京城，唤我祖上烧的第二件器物，就是在一只梅瓶上给他呈现皇宫的建筑。我祖上说这可难坏了他，虽说他几次进宫，但那一重又一重的殿堂，他又不是都去过，只能凭印象勾画。徽宗那时爱去的是延福宫，写字、画画、赏舞、弄琴、夜宴，延福宫的东、西门上"晨晖"和"丽泽"的名字，也是徽宗起的。但徽宗跟我祖上说，梅瓶上不可缺垂拱殿，至于延福宫之类的，皆可省略。而垂拱殿是听政之地，他以前并不醉心的地方。窑工说他祖上最后以大庆殿与垂拱殿为主体，在一只青灰的梅瓶上再现了昔日皇宫风貌。为了使它留得下，只得往瑕疵品上做，最终瓶身歪斜。徽宗看到那只梅瓶，见殿堂倾斜，老泪纵横。这只梅瓶他送给了儿子，钦宗看到熟悉又摇摇欲坠的殿堂，也是泪水沾襟。

我说："是啊，金兵南渡黄河时，徽宗匆匆禅位于长子，可是钦宗在位仅一年零两个月，就亡了国啊，也不知徽宗传的是皇位还是火坑。"

窑工似乎对这句话很反感，蹙了蹙眉。

为了缓和气氛，我说："其实您祖上应该烧一对梅瓶，除了皇宫，再描绘一下徽宗在位时建的大花园，据说园子亭台楼阁，奇花异草，鹿鸣呦呦，水声潺潺。但金兵打来，这座花园成了宋兵抵抗的营地，他们拆屋烧火，杀鹿为食，大花园就此毁了。"

窑工说:"你还嫌他们流的泪不够多吗?"他起身出去,我想他这是又去看窑火了。

一刻钟后窑工回来了,我小心翼翼地问:"这窑里烧的什么器物,何时出窑,我能否一饱眼福?"

窑工冷冷地说:"该让你看的,一定看得到。"

我明白他没说出的下一句是,不该你看的,就别惦记着。

窑工接着讲他祖上给徽宗烧的第三件器物。说他祖上最后一次见着徽宗,是徽宗驾崩前一年的春天。徽宗大约明白称帝的九子康王赵构不会全意与金人斡旋,让他和钦宗归乡,虽说赵构的生母韦贤妃也被掳,但他是无用的了,而钦宗是徽宗长子,康王还是忌惮的。徽宗开始筹谋后事,他悄悄交给窑工祖上一把牙齿,有六七颗,这都是他来五国城后掉的。严寒的冬季少见果蔬,再加上心情沉郁,未老先衰,他掉齿很厉害。窑工说那些牙齿残缺不堪,有的发黑,有的发黄,虫蛀蛇咬一般,但徽宗视若珍宝,这是他唯一能牢牢在握的骨肉啊。他请窑工祖上研磨了这些牙齿,施釉时兑进去,烧制一只白釉黑花罐,还特别叮嘱,这只罐子不能落入金人手里,他的骨头难以归乡的话,有朝一日这只罐子回到汴京，也算归乡了。

我知道北宋官窑瓷器，在色彩调配上，有时为彰显皇家富贵色，会将上好的玛瑙、翡翠和玉石，研磨成粉入釉，烧出的瓷器釉色温润明亮，艳而不俗，尤其那花朵般绽开的开片，若是釉里含了这样的成分，有玛瑙成分的开片像是夕阳下的山谷，有翡翠的像是一池荡漾的碧水，而如果那玉石是白色的，开片仿佛就有月光浮动了。但在釉料里添加牙齿粉末，前所未有，或许只有徽宗想得出来。

窑工说牙齿粉末兑在白釉里，烧制白釉黑花罐，一定是徽宗深思熟虑的。一是这罐子大抵是金人所用器物的形制，在五国城不招人眼；二是黑白色高贵肃穆，适宜安放灵骨；三是牙齿粉末兑进白釉不显眼，能完美地融合。

徽宗将那把牙齿给了窑工祖上后，还说他未登基时曾到过相州，见过窑工祖上一家，他父亲是窑工，母亲是远近闻名的织娘，貌美如花，都是身怀绝艺的人，所以他得了天下后，下旨将他们一家从相州迁到汴京，专为皇室做事。可惜这个令人惊艳的织娘，生子不久就死了。徽宗嘱咐这只罐子烧成后，不可再来，要把白釉黑花罐当命看着。如果他薨了，他能够回到汴京，就把它埋在汴河畔，此外，嘱咐他不可与女真人结亲。

我说看过史料，当时跟着徽钦二帝北上的汉人，有不少与女真人通婚的。人们说这一带的姑娘漂亮，与基因改良有关呢。

窑工没搭理我，继续讲故事。他说也怪了，他祖上在石头上研磨徽宗那几颗糟烂的牙齿时，空中不断有鸟儿飞过，那正是夏候鸟北回时节，鸟儿多也自然。但有一只天鹅，却把叼着的一只蚌壳丢了下来，恰好落在石头上，蚌壳张开后闪闪发光，里面竟有一颗圆润的珍珠！这颗珍珠不是纯白色的，而是微微泛粉，仿佛浸了血。窑工的祖上喜极而泣，他将这颗珍珠和牙齿一起研磨了做釉料。

白釉黑花罐进了窑后，几乎每天一场雨，雨后必现彩虹，横跨窑上，就像给这泥壶似的窑加了一条七彩的提梁。七天之后，这只罐子同其他器物一起出窑了，罐子没有瑕疵，白釉润泽，釉色均匀，泛着微光，似乎能照亮黑夜；黑花枝繁叶茂，细腻油亮，每朵花蓬勃得似乎带着响声要从罐子中飞出来，实乃绝品！窑工说他祖上珍藏起这只罐子，遵照徽宗嘱托，没有和女真人结亲，但徽宗第二年归天后，他祖上也无法南归了，永久留在北地，白釉黑花罐只得代代相传了。

我说:"徽宗不是魂归故里了吗? 宋高宗赵构最终和金人议和,南宋以割地和处死抗金名将岳飞为代价,让羁留北地的赵构生母韦皇后得以护送徽宗棺椁离开五国城回到他朝思暮想之地。金人也给徽宗改了封号,追封为'天水郡王',钦宗为'天水郡公'。"

窑工"哼"了一声,又拨弄了一下火,火光跳跃,可他的面色却越发青了。而且让我惊异的是,我并没见他往火里续柴,可这团火一直在燃烧,好像拨火棍隐藏着一座柴山。

窑工说:"看样子你是个文化人吧,应该知道金人虽不像后人说的那样,在宋徽宗晏驾后,把他炼成了灯油,用于金兵营地的照明,但他确实被火烧了,韦皇后护送的棺椁,其实只是几截烂木头,并无灵骨。"他慨叹徽宗圣明,他的灵骨就像他的字画一样,最终还是以艺术的方式流传。

我问:"那只白釉黑花罐去了哪里?"

窑工晃了一下身子,看一眼火,再看一眼我。

如果窑工所述故事不是虚构的,我大胆揣测,他那不知多少代前的祖上,那个由美丽织娘生下的孩子,跟着徽宗来到五国城的窑工，是徽宗的骨肉。宋徽宗是个风流皇帝，与李师师的传说自不用说，如果当年北宋的相州真有那样一个美丽织娘，叫徽宗动了心，他又怎么可能不揽美人入怀呢？徽宗一生有八十多个孩子，除此之外，没纳入宗室的子女也有，窑工所说的远祖，如果不是徽宗与织娘的儿子，徽宗不会把自己的牙齿给他，也不会嘱托他将来把这只罐子埋在汴河旁，更不会要求他不可与女真人通婚。

我不敢把这种揣测说与窑工，怕他羞愤。

窑工沉默片刻，忽然把目光移到我身上说："你真的想看那只白釉黑花罐？"他说这话时，带着颤音。

我迫切地站了起来，拱手作揖，说："实在太想看了！"

窑工起身示意我坐下，让我闭目片刻，说如果我擅自睁开眼，非但看不到白釉黑花罐，很可能就此失明。他这话把我吓得不轻，再顶级的文物，也抵不过拥有一双凡眼，感知这大千世界的色彩。

我坐下后紧闭着眼，就像一只长脖老等，雕塑似的一动不动。我感觉身前的火更旺了，有炙烤的感觉。听不到窑工的脚步声，但感觉他离开了，因为有一股微风从耳畔拂过。大约一刻钟后，我的耳畔再次感到微风拂过，跟着传来窑工的声音,说:"睁开眼吧,只许看,不许问。"

我是个胆小鬼,怕眼睛瞎了,窑工说完这句话,我又等了十几秒,才缓缓睁开眼。窑工坐在我对面,隔着一团火,默默举着白釉黑花罐。可人的火一定懂得我的心意,火苗瞬间收回金红的舌头。

那个罐子怎么说呢,第一眼看,我就有眼熟的感觉,无论器形还是花朵和枝叶的纹路,都像刻在记忆中似的,可一时又想不起在哪儿见过。在火光的映衬下,罐身的白釉仿佛巴兰河水在如歌流淌,梦幻般的黑花牡丹则如振翅的蝴蝶。白的白出了水似的,黑的黑出了油一样,真是摄人心魄。什么叫一眼千年?你看了这只罐子就懂得了。遵照窑工说的,我不敢发声,目不转睛地看,可最后我越看越朦胧,原来泪水已盈满眼眶。

窑工可能察觉到我无声地哭了,他捧着罐子走到我面前,轻声说:"你闭上眼,闻闻它吧。"

我再次合上眼,闻到了罐子泛出的一股淡淡的黄烟味,这味道立刻唤醒了记忆,怎么与我在阿城乡下看到的农人家的白釉黑花罐一个味道啊。我很少为美而打寒战,因为世上让人惊悚的美罕见,但这次我打寒战了,而且一发不可收。

窑工在我打寒战的时候，捧着罐子走了。等我再睁开眼睛时，他手中的白釉黑花罐不见了，它从哪儿来又去了哪儿，我一无所知，而窑工又坐在了我对面，就像我刚见到他时一样。火光龙蛇一样起舞，可他的脸仍是青的。

窑工对我说，除了白釉黑花罐，徽宗帝还有一件宝物在民间流传，这个故事的专有权不在他这儿，如果我想听，得去下个渡口。

我问："是什么宝物？"

窑工没告诉我是什么，只说能讲这个故事的人，离窑场也就三里路，他可以带我去，问我是否愿意。

我说："当然了。"

窑工说："那你去那儿，要换回自己的衣裳吗？"

我说："自己的衣裳被火烤干了，当然要换回了。"

窑工又问，那你带着这只碗过去吗，你已经用了它。

我说："天下何处无碗，留着给来这儿的人用吧。"

窑工说："那我先出去，等你换完衣裳，咱就上路吧，记得路上不要和我说话，以免惊着夜鸟。"

我换回自己的衣裳走出窝棚时，雨已停了，月亮悬在中天，莹白光洁，丰腴动人，照亮了巴兰河。窑工在前引路，我跟在后面，我们沿着巴兰河畔的蜿蜒小路，走了大约半小时，终于看见一座透着光影的棚屋。

窑工说："到了，你自己进去吧，我回去看窑火了。"

就在窑工转身踏上回程之际，我忍不住在他背后问了一句："您姓赵是吧？"

窑工像被雷击似的摇晃了两下，没有回头，也未回答，继续走他的路。他踉跄的步态，使他的背影看上去就像变幻的音符，在深秋的夜晚，弹着迷离忧伤的旋律。

下半夜：碑桥

一进棚屋，先闻到一股浓烈的腥气，一个女人正坐在火炉旁用刀刮鱼。听见我进来，她漠然抬了一下头，懒懒地扫了我一眼。

她看上去个子不高，圆脸，淡眉，细长的眼睛，微塌的鼻子，嘴大，龇着两颗大板牙，可以说有点丑。棚屋中央吊着一盏油灯,她手上的鱼鳞闪闪发光,好像手在下雪。她的年龄难以判断,看她半白的头发,你可以说她五六十岁了,可看她的脸,额头和眼睑无一皱纹,双颊也不塌陷,皮肤紧致,像二三十岁的女子才有的。尽管她看上去很健康,又有油灯和火光映着,但脸色发青,倒像个陶俑。

她对我说的第一句话是:"你没带碗来,拿什么吃饭?"

我说:"碗放在窑工的窝棚中了,我怕有人像我一样落水,上岸后没个喝热汤的东西。再说了,手掌合起来就是一只碗。"

她发出一阵奇怪的笑声,说:"你还穿着自己来时的衣裳?"

我说:"你怎么知道的?"

她再次发出一阵奇怪的笑声。这笑声怎么说呢,有点像看穿谜底后得意的笑声,又有点像走投无路、茫然四顾的苦笑。

我说:"窑工叫我过来,是来听故事的。"

她继续刮鱼,垂着头说她知道的故事比巴兰河底的石头还多,不知我想听的是哪一块。

我说:"想听宋徽宗的故事,窑工告诉我除了白釉黑花罐,徽宗还有一件宝物在民间流传。"

女人"噢——"了一声,说:"这个故事很长,都后半夜了,你既来了这儿,天亮前得把你渡到对岸去,这个故事能不能讲完两说呢,你能接受没尾巴的故事吗?"

我点点头,说:"快十月份了,天亮得不早了,现在是下半夜,什么故事四五个小时也讲完了吧?再说我没想渡河啊,对岸是哪儿我也不知道,我去那儿干吗。天亮后我去寻公路,在公路上截个方便车,回我投宿的山庄。"

女人说:"你不想渡河,来这个渡口就是为了听故事?"

我说:"当然了。"

她说那得等她刮完了鱼再说,有两个要渡河的等着吃鱼呢。

我问他们在哪儿。

她抬了一下头,淡淡地说:"还不是渡口。"

我说:"夜半三更的,怎么还有人渡河?"

女人不语,加快了刮鱼的速度。我仔细看鱼,发现它们是一个品种,身形粗短,圆脑袋,黑眼睛,蓝鱼鳍,红尾巴。我叫不出鱼的名字，它们看上去肉质肥厚，想必味道一定鲜美。

我环顾棚屋，发现它与野外搭建的棚屋只开两扇窗的不同，它在东南西北各开了方形小窗，北窗和东窗有些黯淡，但南窗和西窗透着朦胧的月影，让我以为镶的是毛玻璃。待走到南窗，用手轻抚，才发现这是鱼皮窗。鱼皮虽薄，但韧性十足，它纹理细腻，手感滑润，感觉浮在上面的月亮流着蜜。

女人见我对窗子感兴趣，问我："见过这样的窗吗？"

我说："只在书里见过，据说宋徽宗冬天住在五国城的地窨子里，所用的窗纸就是鱼皮做的。风雪夜夜吹打，发出的声音就像瓷器碎了，加深了徽宗的漂泊感和孤寂感。"

女人说宋徽宗住的屋子，最初窗纸用的不是鱼皮，后来他到五国城的第三年涨大水，住屋进了水，不得不暂时迁到巴兰河畔的一个高冈上，她曾祖母曾曾祖母的曾曾祖母、再曾祖母的曾曾祖母、再曾祖母的曾曾祖母的曾祖母，总之好几十代前她的祖上，是胡里改江流域鱼皮工艺高手，她做的鱼皮筏、鱼皮衣、鱼皮碗、鱼皮箱、鱼皮窗远近闻名。徽宗在她那儿初见鱼皮窗，爱极了它。水灾过后，徽宗带回鱼皮窗纸,镶嵌到窗上。

说起水灾,女人慨叹那时的五国城没什么堤坝,三年五载就会涨场大水,她说:"你不是读书人吗,没在书里看到过这事儿?"

我说倒是知道东北过去流传着"狗咬奉天,火烧船厂,风刮卜奎,水淹三姓"的谚语,这个三姓说的就是五国城。这里是三江汇合处,四周高,中间低,人等于住在釜底,夏季雨水旺时势必遭殃。

"啥叫狗咬奉天?"女人饶有兴致地问我。

我走向她说:"说是努尔哈赤逃难时被围困在草丛,追兵放火烧他,这时一只黄犬,突然冲入草丛,它吸足了河水,将水吐在努尔哈赤身上,熄灭火焰,使他得救。可努尔哈赤得了天下后,封赏时落下了黄犬,奉天城的狗都为它鸣不平,夜半狂吠,搅得努尔哈赤不得安宁。他想来想去,原来是忘了黄犬的救命之恩,赶紧封它为守护神,自此努尔哈赤才睡上了安稳觉。"

女人看来不相信这个故事,她嘀咕一句:"进了狗嘴的东西,吐得出来吗?"

她的话对这类传说可谓是一针见血的批评,我暗自笑了，赶紧给她讲火烧船厂的故事，目的是引她如此臧否。我说吉林在旧时称船厂，做工的都是流放犯，受尽了监工的折磨。有个不堪凌辱的流放犯，有一天杀了监工，官府便砍了流放犯的头。工友们把流放犯埋在船厂的高冈上，当夜风雨大作，电闪雷鸣，流放犯的坟，忽然蹿出个大火球，飞到船厂，将它烧了，传说是火神爷为流放犯鸣冤。

女人终于刮完了鱼，她用一把干草擦了刀，缓缓起身对我说："火神爷要是打抱不平，不该烧船厂，那是人活命的东西，该烧的是还活着的黑心监工和官府里治流放犯死罪的人。"

她这一起身，我发现她比我想象的还矮，也就一米五的样子。她把刮好的鱼放进一只大瓦盆，转身舀了水缸的水，洗净鱼，把它放进灶上的锅里，再将洗鱼的污水泼到棚屋外。她做这一切的时候干净利落，甚至有点愉悦，因为她轻轻吹起了口哨。

女人泼了污水回来，看了看锅里的鱼，复又坐下，指着她对面的一只草蒲团，唤我也坐下，说现在可以给我讲徽宗留下的另一件宝物的故事了，起头还得从鱼皮窗说起。

徽钦二帝被囚五国城的第三年夏天，不是涨大水了嘛，他们的住屋淹了，墙壁湿淋淋的，像是挂满了泪，火炕的灶眼儿浸在水里，也没法生火，只得转移。女人说她那几十代前的祖母，就叫她舒氏吧，那年十七岁，刚好和她父亲游猎到巴兰河畔。

我插言道："那他们是女真人了？这一带曾有海西女真和野人女真，他们是哪一支？"

女人用刀子似的目光扫我一眼，似乎带着"嚓嚓"的响声，我感觉脸皮就像她先前刮着的鱼鳞，生生被揭掉了，疼极了！她直言："你这是哪辈子的说法？"

我意识到那时应该还没这说法，连忙说对不起。

女人说："你们这些肚子灌了墨水的人，就是好画圈圈，咋分你能让谁少胳膊缺腿？女真就是女真嘛。"奚落完我，她气顺了，接着讲故事。

女人说舒氏母亲早亡，她自幼跟着父亲过着居无定所的渔猎生活。他们春夏秋季打鱼，冬季上山打野兽，他们用制作的鱼皮制品和获取的名贵兽皮换取生活日用品。虽然风来雨去，日子过得也还不错。徽钦二帝因水灾转移之地，刚好是那年他们打鱼之地。

打鱼人夏季住得很简单，就是这种用松木杆和树条子搭建的棚屋，外面抹一层混合了干草的泥，防风防潮又防雨。棚屋南向开一扇小窗，用鱼皮做窗纸，东向开一扇小门，野兽就是靠近，也伤害不了人。而他们夜晚用来照明的，是青石凿就的熊油灯。

徽钦二帝喜欢五国城的春夏，因为熬过冬天，他们不必穿那膻烘烘的羊皮袄，也可去院子走动了。但因为有金兵把守着，他们也走不远，只能看看院子的树和花草，还有飞来的蝴蝶和鸟儿。风和日暖的时节，他们就更梦想回汴京，那里的日头暖和的时候多，有暖日头的日子才好过啊。

这场大水让徽钦二帝转移到一处金兵营地，这里没有院墙，面临巴兰河，徽宗给了金兵看守一些酒钱，获得短暂的自由，能到树林走走，还能到河边和打鱼人说说话。

据说徽宗遇见舒氏，是个雨后的黄昏，天空出现了双彩虹，看守他的金兵因为打了一只野兔，正吃野物纵酒狂欢，根本顾不上他。

徽宗走出营地，到了巴兰河畔。他发现河边有个蹲伏着的梳发辫的女子，穿着月光一样颜色的长衣，紧裹臀部，正在洗着一大张银白的东西。那时双彩虹已有一道隐遁了，另一道依然像条彩带环绕着，仿佛给天下所有女人预备的发带，所以徽宗觉得这个女子很美。待他走到近前，舒氏听见脚步声回过头来，徽宗看见了他在宫中从未见过的女人的脸，首先是肤色，不是那种没有血色的白腻，而是黑红色的，像熟过头的李子，而她的嘴唇跟红牡丹一个颜色，格外娇艳。她的额头有点鼓，所以眼睛显得幽深，鼻子微塌，像一片开阔的浅滩。她五官平凡，但眼睛闪烁着与众不同的光，焕发着一种特别的美。

舒氏见了徽宗问他是谁，但徽宗没听懂，她说的是本族语。舒氏意识到他是汉人后，改用汉语问他是谁。徽宗说他住在高冈的营地，从城里来躲水的。舒氏笑了，露出一口密实雪白的牙齿。徽宗没见过牙釉质这么好的女人，闪着丝绸一样的光泽。徽宗暗自感慨，这姑娘的嘴里燃烧着怎样的窑火啊，才冶炼出这比瓷器还要精美的牙齿。

舒氏站了起来，徽宗除了为她的气质所动，还喜欢她穿的及膝长衣，它色泽微黄，质地柔软而光亮，袖口、襟口、托领上镶嵌着花朵纹路的图案，前胸和后背则是大团大团的云纹图案，徽宗想，怪不得刚看到她时觉得云彩落在了她后背上。后来徽宗知道，这是鱼皮衣。

舒氏在河水中洗的是桦树皮，她说要给自己做条桦皮船。徽宗不知这种树皮能当造船的材料，很是吃惊。舒氏说经过处理的桦树皮，不仅能造船，还能写字画画，当纸用呢。徽宗正要问她有没有现成的桦树皮可让他写字，一只黑狗远远跑来，对着徽宗狂吠，跟着黑狗急急走来的，是个手握鱼叉的老汉。

他是舒氏的父亲，长方脸，宽额头，眼睛不大，头发稀疏，脸颊的皱纹就像泥地的车辙一样深。他满怀敌意地看着徽宗，大声跟女儿说着什么。舒氏先是喝住狗，然后告诉父亲，这人是来躲水的，住在高冈的营地。当然这是之后舒氏告诉徽宗的，当时他们的对话他一句都听不懂，舒氏的父亲只会讲几句汉话，凡是他肯定的人和事，他只会说个"好"，反之则是"不好"。

舒氏的父亲望着头发稀疏花白、缺了好几颗牙、目光浑浊、一脸倦怠的徽宗，说了句"不好"，吩咐女儿回去做晚饭。

舒氏带着黑狗走了，最后那道彩虹消失了。舒氏的父亲接续着洗桦树皮，徽宗问了他很多话，他们从哪儿来住在哪儿？巴兰河的鱼哪一种最好吃？山上那种像蓝色铃铛的花儿，多长的花期？还有那一个姿势立在水边的长脖子大鸟，叫什么名字？舒氏的父亲对所有的问题，只回两个字："不好"。

徽宗帝什么女人没见识过？可那个夜晚，他想了舒氏一夜。她笑起来露出的那口雪白的牙，是他来到五国城后，看到的最明亮的景象。跟着徽宗一起被俘的嫔妃和宫女，有病死的，有给金人做奴的，还有被金兵霸占的。更令徽宗痛心的是，有的被投入了"洗衣院"，那跟进妓院没什么两样，能留在他身边的没几个女人了。随徽宗来的郑皇后，受尽折磨已殁，好在还有韦贤妃伴他左右。但在躲水的那段日子，韦贤妃得了湿疹，最怕见风，整日待在营帐中，徽宗难得一个人出去透气。

金兵知道徽宗是插翅难逃，但生怕他万念俱灰，万一在树林用裤腰带勒死自己，或是投了河，他们损失了这个可以从南宋赵构手里争取最大利益的至高法器，等于丧失土地，自己也会掉脑袋，断不敢掉以轻心了。徽宗再出营帐时，他们就监视着。但看押他的金兵很快发现，徽宗去巴兰河畔，不过为了看舒氏，这让他们又松懈了。而舒氏的父亲得知徽宗是个亡国之君，再见他时，又总有兵卒尾随，自家女儿是安全的，对徽宗再无敌意，反而和舒氏一样，对他多了一份同情。他们请徽宗来棚屋喝茶，吃刚捕捞上来的鲤鱼做的杀生鱼，当然还有酒。就在舒氏父女的棚屋里，徽宗看到了令他无比动心的鱼皮窗，他说那是上天赐予的纸，太阳和月亮是这纸的天然画笔，把最美的影子印在上面了。

讲故事的女人铺垫了很多，还没进入徽宗留下的另一件宝物，可我不敢贸然打断她的话。她讲到这里时，起身看了看煮的鱼，从两只摆在灶台的碗中取出一只，说其中一人喜欢吃嫩的鱼，火候到了，先端一碗给这人送去。我注意到那碗和我在窑工那儿用过的一模一样，无论形制还是色泽，应该是一孔窑烧出来的。

女人出了棚屋送鱼的时候，我很好奇锅里的鱼，因为敞锅煮着，却没有蒸汽旋起，好像锅底的柴始终没把它煮沸。待我起身凑到近前，发现锅里的水，竟像丰水期的巴兰河水，喧嚣沸腾着，那些鱼却没一条离骨脱刺，依然头是头、尾是尾的，在沸水中自由地游弋，这令我吃惊不小，难道它们还活着？

我以为女人送一碗鱼，十几分钟也就回来了，可是半小时后,鱼皮窗上的月影位移了,她才神色黯然地两手空空回来。我问:"那只碗呢?"她说:"渡河的人不带碗过去,拿啥吃饭?"看来她已把一个人送到对岸了。

我很想问她,是什么人在后半夜渡河,那人去的地方没人烟吗,为什么要带一只碗?但我转念一想,黑夜发生的事情,往往是不可言说的,何况我还期待她快点切入正题,不然天亮前就听不完这个故事了,我还想在太阳升起后回到山庄呢。

不等我催促,女人坐下来,我也坐回草蒲团,故事又像星星一样在黑夜中闪烁了。

舒氏见徽宗随手折根柳枝,就能在巴兰河畔的沙地上,画出栩栩如生的花鸟,便把熟好的桦树皮裁成画纸,用鹿筋串起来,送给徽宗。

其实涨水转移时,即便一片混乱,看守徽宗的人没把别的东西带来,纸张笔墨砚台却是一样不少呢。因为都知道徽宗是书法和绘画的天人,他的字画不仅金熙宗和完颜亮欣赏,军中将领也视若珍宝,求之不得。看守他的金兵随便求徽宗写个字,描画一朵花或一只鸟,都能去市面换钱。所以监管他的人也形成恶习,手上不宽绰了,就想方设法讨要字画，得到了两眼放光，待徽宗和和气气，有求必应；得不到就百般刁难，春光大好却限制他出门，把三顿饭减为两顿，不给他烧开水泡茶，污损他的衣物，将鸟粪撒在纸上，夜半砸铁惊扰睡眠本不好的徽宗，等等。

自古以来好人的好心眼，多半是相似的，可恶人的恶点子，却是五花八门。徽宗喜洁，爱惜字纸，被逼无奈，只得硬着头皮，潦草写上几个字，或是画上一只呆头呆脑的鸟、一朵傻里傻气的花儿。

话说徽宗得了舒氏送他的桦树皮本子，如获至宝，金兵带到营帐的笔墨，也就派上了用场。徽宗为了换取更大的自由，给看守他的人都画了一枝花，所以徽宗再去看舒氏时，只有一人远远跟着。

舒氏的父亲哀怜这个曾经的人上人，所以见着盯梢的金兵，总会以酒肉款待，这样徽宗可以看舒氏怎样做两头尖中间宽的柳叶形的桦皮船。徽宗很吃惊桦木做成的船架上，将桦树皮一张压着一张覆盖上，只用木钉和鹿筋线连缀，再刷上一层松脂，船就做成了。这船轻巧极了，有股桦树皮特有的清香气，徽宗特别想乘它下一回水，但它是舒氏为自己量身定做的，只容一人，所以徽宗只能眼巴巴地看着舒氏驾着桦皮船在巴兰河捕鱼，感觉她仿佛骑在了一条大白鱼的背上。

徽宗还喜欢看舒氏用染色的鹿皮给鱼皮衣的下摆和领口镶上花纹和云边。而她用的染色颜料，都来自山里，是花花草草和植物浆果的汁液榨取的，这让徽宗佩服得不得了。

徽宗就用舒氏制作的颜料，在桦树皮本子上画画，他把在山上见到的花草和野鸟都画上了。舒氏父女看了，赞叹他长了一双神手，好像能读懂花鸟的心思似的。

舒氏调制的颜色令徽宗无比喜爱，那朱红色艳而不俗，是野草莓和红百合混合成就的；金黄色明亮而不刺眼，是由金莲花和黄花菜榨取的；淡紫色温暖雅致，它用的是马莲花和蓝靛果的浆汁；墨绿和浅绿是最养眼的，它们是从各类青草和树叶中提取的。

最神奇的是什么呢？徽宗说他在汴京时，可用玉石和珍珠粉做颜料，舒氏说这有何难，巴兰河有玛瑙石，把它研磨了还不是一样？还有山上风化的石头，有赭黄色的、鹅黄色的，还有深青色和淡绿色的，打成粉末，不都是好颜料吗？

徽宗一听高兴极了，可舒氏的父亲不高兴，女儿为了给徽宗做植物颜料，总是贪黑，觉也睡得少了，如果再采石做颜料，更别想睡囫囵觉了。父亲埋怨她时，舒氏说水灾过后，这个浑身捆扎着无形绳索的人就会走了，看他衰老成这样了，估计也熬不到回汴京的那一天了。这个夏天宁可少打些鱼，也要满足一个爱写字画画的老人的愿望，舒氏的父亲感动于女儿的善心，便不再说什么了。

舒氏父女养了一条狗，还养了一匹栗色马，迁徙时用于驮运物资。舒氏的父亲心疼女儿，亲自骑马上山，采来可以做颜料的石头，日夜帮着研磨。徽宗得了这珍贵的颜料，就在桦树皮本子的花朵和河流上，再点缀上石粉，那画就仿佛有了光，更加美了。

徽宗感念舒氏父女，说桦树皮本子上的画，他们随便选，想留多少张就留多少张，这个拿到集市上，比打鱼换的钱多。舒氏说这画好是好，但桦树皮是引火材料，遇火就着，哪怕画中有千万条河流，也救不了花鸟，逃不出灰飞烟灭的命。

徽宗立刻联想到纸上的字画，感慨说纸也是火的俘虏，金兵打入汴京，最令他痛惜的，是他珍藏的历代字画，有的被卷走,有的被焚毁,说到这儿徽宗满眼是泪。

舒氏安慰他,说她倒有个主意,他们的祖先,把画都用斧凿,刻在岩石上,将泥土和兽血混合的颜料涂上,再涂上天然植物胶。岩画不怕烈日暴雪,不怕火烤雷击,上面的鸟儿都拥有铁一样的翅膀,花朵也拥有铜铸似的花瓣,日月就跟天上的一样了,万古长青。

徽宗就跟舒氏父女上了山,先观摩了两处岩画。他发现岩画中动物图形居多,再就是日月、花草和作法的巫师。说来也是奇,徽宗四处寻找他中意的岩石时,一天日落时分,在西山半山腰,他发现了一块特别的岩石。它不像其他岩石连成一体,而是独立着,从乱石中凸起,颜色也和周围的不一样,不是赭色和浅灰色的,而是深青色的,像是被谁切割过,看上去像书也像碑。

徽宗一眼相中这块岩石,他仔细看它的纹理,发现它本身就是一幅画,从中看得出云海、江河、房屋、动物和花鸟。徽宗觉得这是上苍赐予自己的一块身后可立在墓前的碑,他说看到它,自己的骨头可能要扔在五国城了。

接下来的日子不用说了,只要不是刮风下雨的日子,徽宗就跟着舒氏上西山,这里离金兵的营地也不远。那块青石能看出图形的地方，舒氏帮着徽宗，只是用凿子加深印痕，保留它们天然的纹理，云彩还是云彩，花朵还是花朵，河流也还是河流。最终徽宗只在空白处描画了一枝蓝铃花、一棵松树、一只大鸟，然后精心雕刻出来。蓝铃花是巴兰河寻常的野花，蓝紫色，像一串小铃铛，风吹它时，仿佛花儿在铃铃响，徽宗喜欢这花儿。松树和大鸟是咋来的呢，那段涨水，江河水浑，自古浑水好摸鱼啊，鸟儿一群一群地飞到巴兰河，吃得那叫一个美，羽毛都跟缎子似的，光光亮亮的。可是有一只大鸟落单，它不和其他鸟一起在河边捕食，而是独自待在西山。徽宗当时发现那块青石时，它就站在侧向的一棵松树下，面向落日，好像夕阳是它的美食。之后徽宗每上西山，它总像侍卫似的，在那棵松树下立着，一动不动，也不怕斧凿的声音，徽宗就把松树和鸟，刻在青石上。"你知道那是只什么鸟吗？"

女人讲到这儿问我，起身去看锅里煮着的鱼。

我说："能像岩石一样立着的鸟儿，是苍鹭，这儿的人都叫它长脖老等。我这次来依兰的路上遇见一只，它侧棱着膀子跟着我的车，一看就是受了伤，迁徙不了了。"

"你没停车救它？"女人歪头问我。

我摇摇头，告诉她因为母亲嘲笑我在爱情上像只长脖老等，逮着什么吃什么，所以对它有怨恨，没搭理它。

女人扫我一眼，说："不救生灵的人，要是生灵救了他，岂不白活一世？"说完拿起另一只碗，说火候和时候都到了，她得把另一人渡过去。女人盛了鱼往出走的时候，叮嘱我不要偷腥，她很快就回。

人的好奇心能产生无穷的创造力，造福苍生，但有时好奇心也是万恶之源，容易把人引向深渊。

女人不让我偷腥，可我偏偏在她出了棚屋后，起身走向灶台。锅里剩下的几条鱼，依然跟它们下水时一样姿态优雅地游着，而且它们变了颜色，蓝眼睛，绿鱼鳍，鱼尾则是明黄色的。最让人抵御不了的诱惑是，这鱼散发的奇异香气，撞击心扉，麋鹿被烹制的香气也敌不过它。没有筷子没有碗，我眼疾手快地在一条鱼将尾巴摆出汤面的时候，拽着鱼尾，将它从滚沸的汤里捞出，站在灶旁享用美食。我先吃头，继而掉过来吃尾，最后吃鱼身的时候，感觉它已经成了一块软糯的蛋糕，我甘之如饴。

这条鱼吃得我想哭，它美得无法形容，而且我没吃到任何一根刺和鱼骨，没有遇到抵抗的鱼肉，沦陷的注定是食客。我意犹未尽，正犹豫着是否偷吃第二条的时候，女人突然回来了，她跟窑工一样，走路几无声息，我赶紧手忙脚乱地坐回去。

"您这么快就把客人送走了？"我有些结巴地说。

女人说："外面月色正好，巴兰河风平浪静，渡船好撑，客人又急着走，所以顺风顺水过去了。"

她像上次出去一样，没有带回碗来，想来把碗给了乘船的人。我觉得这碗颇为诡异，这是船家推销给客人的碗吗？ 是不是加在船费和饭钱里了？ 我刚想委婉问她，女人俯身看了看锅里的鱼，说："你偷吃鱼了？"我不好意思地抿嘴笑了，这是我上岸后第一次笑。小时候我偷吃糖果被母亲发现时，也是这样笑的。

女人说："你偷吃了东西，更得把你送走了，你也没碗，送不送得过去两说了。"

我说："我不渡河，听完故事等天亮了，我就回山庄去。"

女人看了一眼鱼皮窗上的月影，说："时候不早了，得抓紧给你讲故事。"

那块青石有了自然的山河和云影，又有了刻上的松树和花鸟，徽宗觉得它既是能经风雨的作品，也可做他的碑了，所以在青石背后，刻了个不大不小的瘦金体的"佶"字。他称霸天下时人们避他名讳，谁敢称"佶"？所以徽宗即便不刻"赵"字，汉族人看到这块青石，也会想到他。徽宗画的桦树皮画，他只留了一张，余下的都送给舒氏父女了。除此之外，他还多写了几幅字赠予他们。徽宗唯一的请求是，看护好这块青石。

秋天水撤了，徽宗离开营地。舒氏父女送给他两张鱼皮窗纸，徽宗回去后就使上了。传说有月亮的晚上，徽宗从上面看得见月影，还能从月影里，朦胧瞅见舒氏的脸。徽宗喜欢上了舒氏，要搁在汴京，他相中的女人，哪个敢不从？可是在西山，他和舒氏单独在一起，想轻抚一下舒氏的脸都没可能。传说有一回他丢下凿子，手刚伸出，那站在松树下的苍鹭，就飞起来落在他和舒氏之间，像一堵墙挡着，徽宗再不敢造次。

舒氏能骑马，懂狩猎，会打鱼，独自穿行在山河间毫无惧色。女人说徽宗离开时，站在巴兰河畔仰天长叹，一个女人都如男人般英武的王朝，那股凛然决绝之气，岂是沉迷于花前画坊的他所能抵御的，蒙受靖康之耻，似也是必然的。

徽宗死在五国城后，巴兰河边的西山上，这块碑就像不倒的月份牌，岁岁年年矗立着。从舒氏这代开始，家族一代又一代的人，无论游猎到哪儿，不忘护卫这块碑。几百年的风霜雨雪，让青石上的天然纹理和雕刻痕迹都减淡了，但你仔细看，还是能看出山水花鸟，看出瘦金体的"佶"字。直到清咸丰年间，有一年巴兰河涨水，把一座木桥冲毁了，复建时人们想造一座稳固的石桥，石匠去山上采石时，发现它是天然的桥墩，就把青石搬运到山下。

从那以后，依兰这地方，别的河流到了夏季，三年五载的，像松花江、牡丹江、倭肯河，该涨大水还是涨大水，但这块青石碑做了桥墩后，简直是定海神针，巴兰河风平浪静的，别的河流遭遇枯水时，它也依然丰满，融冰后永远利于灌溉，两岸庄稼丰收，牛羊肥壮，人丁兴旺。更奇的是，这块青石碑的桥墩，月亮好的夜晚会发出光亮，夜航的船家都把它当作灯塔。人们认为这是祥瑞之光，所以求婚求子求财的人，恶疾缠身渴望起死回生的人，为讨吉利，都爱在月圆时分划船穿越这个桥墩朝拜。那个"佶"字因为刻在青石下方，终年浸在水中，亲吻这个字的，是游鱼和水草，这个字得了清流，也算脱了俗。而那些山河和花鸟图案，也大都处于水面下。只有雕刻的鸟的翅膀，完全浮出水面，有人说那是自由的象征，也有人说是飞黄腾达之意，所以服刑者亲眷和求官的人，也来朝拜。

女人停顿片刻对我说："听说品行不端的人朝拜这个青石桥墩时，船到近前会突然起漩涡，让你不能靠前，甚至把船掀翻，但心地善良的人，尤其那些淳朴的相貌如舒氏的女子经过桥墩时，它会泛着温柔的光，流水也会发出悦耳的声音，像是谁在抚琴而歌。"

我按捺不住，急急地问："这座桥在哪儿？叫什么名字？"

女人说："这座石桥就在巴兰河上，离这儿不远，一百多年了依然稳固，人们还在用它。因为传说这块青石桥墩是徽宗给自己刻的碑，所以人们都叫它碑桥。"

"能带我去碑桥看看吗？"我热切地说。

"你已经看过了，"女人起身说，"你不记得自己在巴兰河撞上青石碑了吗？"

"难道是我犯了错，所以桥墩没发光，才翻了船？"我这样问她的时候，忍不住浑身哆嗦，因为我意识到眼前这个看似活生生的人，拿着无形的绳索，要把我捆绑到另一世界。

女人比我矮，可她突然起身，往棚屋外拽我的时候，力大惊人。我顺从于她，没喊饶命，只问她舒氏最后怎样了。

女人说："天的黑脸皮就要变白了，不能再给你讲了，你要是能渡过去，见着舒氏自己问吧。开头我问你能不能接受没尾巴的故事，你不是点头了吗，你说哪个故事不残缺呢？"

我机械地跟着女人到巴兰河畔时，意识到死神降临，血液仿佛凝固了，身体像木头一样僵直，任她摆布。女人把我带到一条幽蓝的船上，将我戳在船头，就像稻草人一样。她则在船舣，低沉地说着我完全不懂的话。之后船像是被岸给烫着了，"嗖"的一下，离岸而去。我见巴兰河就像一张巨大的鱼皮窗纸，颤颤地印着最后的月影。

我不知自己将被渡往何方，岸越来越远，水越来越长。

还是楔子

我苏醒的时候，首先感知世界的不是眼睛，而是耳朵和鼻子。也就是说，我的听觉和嗅觉依然敏锐，并驾齐驱冲在前面，视觉神经也许倦怠了人间风景，尽管我想努力睁开眼睛，可眼皮沉重得就像棺盖，怎么也掀不翻它，我就在枕头上晃悠脑袋，希望能助我拔出视觉的泥淖。我听到"哗哗"的雨声，看来外面雨下得很大，还闻到来苏水的气味，证明我此刻在医院。

有脚步声盖住了雨水，想必是个壮汉进来，那脚步声"咚咚"的，像在擂鼓，铿锵有力。跟着是"咣咣"的跺脚声，好像谁要在地上刻上一连串的惊叹号似的，一个男人惊喜地叫骂着："妈的你个死人，脑袋能动弹了，我就说阎王爷见你岁数不大，饭没塞够呢，不会要你吧！你还算甜和人，醒得正是时候，今儿八月十五，我能轻松喝口酒吃块月饼啦！"他接着"大夫大夫"地叫着出去了。

脚步声弱了,雨声又像春日的青苗似的,喜人地冒了出来。急雨转小雨了吧,雨声"沙沙"的了。

这人出去不久,我终于睁开了眼睛。开始感觉到的是白花花的一片,好像世界撒满了盐,又像铺遍了雪,更像飞满了谎言。很快这白色被身体的阳气给驱逐殆尽,视线中的东西逐渐变得清晰,我能看见自己躺在泛黄的白床单上,盖着浅蓝色的被子,穿蓝白条纹的病号服。左侧床头柜上摆着一台心电监护仪,右侧立着白色点滴架,上面吊着一个空瓶。窗子在右侧,努力望去,可见窗台摆着两盆茂盛的绿萝。而当我努力坐起来,发现窗外雨中的树,还挂着几片枯黄的叶子,好像在告诉我你还阳了,我们却要去了。

我住在一层,从水磨石地面、陈旧的窗户以及斑驳的墙面上,看得出这是一所简陋的乡镇卫生院。虽然未见阳光,但这是人间无疑。

两个男人一前一后走了进来,前面的五十岁上下,中等个儿,不胖不瘦,黑红的脸,小眼睛,头发乱蓬蓬的,右耳吊着一只松松垮垮的白口罩,穿一件很旧的棕色单皮夹克,皮面磨得多处泛白,像是长了牛皮癣。他叼着一支没冒火的烟,指着我说:"这么快自己能坐起来了,真行!"听他熟悉的声音,我明白这就是先前进来的人。他身后跟着一个穿白服、戴白帽和浅蓝色医用口罩的医生,他又矮又胖,走路呼呼直喘,谢顶,看上去年纪不小了,他指着穿皮夹克的男人问我:"认识他吗?"我摇摇头。

穿皮夹克的男人说:"大夫,我昨儿把他送来就说了,我不认识他,可你们不信!妈的这世道救了人,咋这么爱遭怀疑!"男人长舒一口气,对我说他叫王骏,"骏马"的"骏",不敢说是我救命恩人,因为是一只受伤的长脖老等,先发现的我。他先嚷着让我赔他名誉,再嚷着让我赔他烟钱,说我昏迷的这十几个小时,他在卫生院外抽了四包烟,自己都快被熏成腊肉了。他说很想现在抽支烟庆祝一下,但在病房抽烟会被罚款,所以只能干叨着过过瘾。

原来这是中秋节的早晨了。

医生问我:"你是哪儿的人?"

我说:"是哈尔滨人,退休后没啥事,前几天驾驶一辆越野吉普车出游,先是到了依兰,然后去了巴兰河景区,入住一个山庄。过了漂流季,可我想下水,庄主不同意,我见一条船停泊在岸边,便偷船夜漂,后来下了雨,我在河上什么也看不清,模糊中仿佛撞上桥墩,之后被一个窑工救上岸,他在上半夜给我讲了一个故事;下半夜出了月亮,窑工又把我送到摆渡人那里,听了另一个故事。窑工是男的,摆渡人是女的。"

王骏害了牙疼似的"嘶嘶"叫着说:"依兰过去是打狐狸部的天下,你这是遇见狐狸精了吧,这一带哪有烧窑的?还有现在公路铁路这么发达,谁还走水路啊,多少年都没有摆渡人了!"

我激灵了一下。

王骏告诉我,他是大货车司机,常年带着媳妇跑运输。昨天上午他们拉着一车秋白菜去哈尔滨,途经巴兰河时,他老婆发现一只长脖老等跟着车,好像腿脚不利落,飞得颤颤悠悠的,没过多久跌落在公路上,他老婆说它一定是受伤了,于是喊他停车。

王骏说这只长脖老等,是我真正的救命恩人。他老婆快接近它时,它突然又哆嗦着低飞了几米,把她引向河边草丛。她过去一看,除了长脖老等,还有一个人躺在那里,虽然我脸色灰青,一动不动,但她用手在我鼻子下一试,还有气呢,于是喊他过去。王骏背着我,他老婆抱着长脖老等，回到车上。

他们先救人，把我就近送到一个镇子的卫生院。王骏说他没想到我身上没有任何可证明身份的东西，没有手机和身份证，没有一分钱，裤兜只有湿透后干成一团的纸和两根牙签。他们判断我是溺水后被冲上岸的，医生怀疑我是自杀或是被害，先报了警，派出所来人对王骏做了讯问笔录，在我没有苏醒前，他不得离开，住院押金都是王骏垫付的。而那车秋白菜，只好由他老婆一人运往哈尔滨。

王骏说好在他老婆能干，驾驶技术不错，跑长途时他们经常轮流开。但万分倒霉的是，她平安抵达后，刚卸完货，就赶上哈尔滨有了疫情，现在城区全员核酸检测，老婆和车被困在那里，住在小旅店，今年中秋节只能望月团圆了。王骏苦着脸说天公不作美，这阴天下雨的，估计月亮也难见。

我连声对王骏说对不起，先前他嚷着我赔他名誉和烟钱，那是他的幽默，我更应赔偿他爱人因疫情人车被困在哈尔滨的间接损失。我表达这样的心愿时，王骏一撇嘴说："我要是接受了你这样的赔偿，我老婆还不得骂死我！她心眼好那是出了名的。我刚才打电话告诉她你醒了，她刚排队做完核酸,喜得直说今晚要多吃一块月饼!"

我愧疚地说:"都是我害得你们中秋不能团圆。"

王骏说:"团圆又不在这一日,明年不是还有八月十五吗?你知道我老婆最担心啥吗?她怕你醒来后会失忆,我一会儿得告诉她,你知道自己姓啥、住哪儿、开啥车,脑袋一点都没短路!嗨,老天爷真是保佑你,让你遇见她,遇见长脖老等,万一我一脚油门过去了,你遇着这样的天气,没吃没喝的,在野外失了温,就得玩完!"

夜漂时我卸下背囊,这是最大失误,里面准备的一切急救物品,想必都付诸东流了。王骏掏出手机,让我给家里报个平安,可亲人的电话都存在我手机里,没有一个号码我能记全。而我离开手机绑定的银行卡,也无法偿还王骏帮我垫付的医疗费。一部手机不见了,生活居然半停摆了。

医生让护士给我送来一份白米粥和一碟咸菜,嘱咐我少量进食,我来自哈尔滨的话,可是属于疫区来的人,院长不在,他有责任督促我把十四天内的行程回顾一下,做个登记。

王骏说我醒了,派出所也解除了对他的怀疑,他本应赶到哈尔滨去,老婆一人开着辆大车在外面,他还是不放心。只是现在进哈尔滨要持二十四小时内核酸阴性报告,这乡镇卫生院做不了,他还得去依兰做,最快四五个小时出结果,再加上去哈尔滨的路程,估计折腾到那儿,也得后半夜了。

王骏长叹一声说:"算了算了,一个人过个清静的节也不赖!还有老婆把受伤的长脖老等托付给我了,我一直守着你,顾不上这只鸟,现在得打听一下,附近哪儿有野生动物保护站,早点送过去。"

王骏出去了,医生也出去了。

吃过粥和咸菜,我感觉身上有了力气,可以下地走了。虽说腿依然发软,感觉像踩在棉花堆上。

我住在抢救室,对面是医生办公室。我一出来,就见那位医生敞着门,正给一个干瘦的佝偻腰的男人看病。他见了我摘下听诊器,先是嘱咐我戴上口罩,说是病房床头柜的抽屉里备有一沓,然后问我:"写完十四天内的行程了吗?"我说:"没有纸笔,请帮我提供一下,我到院子转转回来就写。"

医生说:"王骏在太平房看鸟呢,你得好好感谢他,真没见过这么好心肠的大货车司机呢。"

我反身回抢救室取了口罩戴上,走向院子。

太阳还没露头,但雨停了,空中堆积着深灰浅灰的阴云。太阳怎会死呢,可阴云一直妄想着做它的裹尸布。

卫生院是栋长方形的砖瓦结构的平房,院子也是长方形的,栽种着七八棵杨树和柳树。院子东侧有个花圃,花儿多半枯萎,只有两株黄色菊花,挂着几朵将落未落的花。菊花的边缘像被烧焦了,已然惨淡,花心强撑着,但颜色也不鲜亮了。花圃前有个破烂不堪的长椅,还有两个污渍斑斑的圆形石凳。

院子西侧是座砖木结构的小房子,人字形屋顶下,有一块白地黑字的匾,上面的"太平房"三个字,居然是瘦金体的。这房子清灰水泥涂抹的墙面,对开的铁皮门,矮矮趴趴,像个门岗。门开了一扇,我进去时,王骏正在喂长脖老等。

太平房大约五十平方米,正中央有两张光亮的木板床,大概是停尸的地方,床前各置一个黑黢黢的瓦盆,看来是烧纸用的。因为屋子只开了一扇西窗,窗口很小,天又阴着,所以里面昏暗不堪。

受伤的长脖老等蜷缩在西窗的墙根下,见到我伸了伸脖子。我不确定它是不是我没有救助的那只,如果是的话,它的善行对我来说,是卡在我喉咙的一根永久的刺。我不知是否应该感激它,因为在医学意义上我失去知觉的那个夜晚,我的思维从未有过的活跃,我在上半夜看到了精美绝伦的白釉黑花罐,在下半夜听到了凄美的碑桥故事。如果夜能更长一些的话,我也许还能见到更绮丽的风景。

我不知眼前的长脖老等是不是宋徽宗刻在青石上的那只,它的眼神仿佛活了千年的样子,是那么笃定安详,好像深藏着高山和大河,我和它四目对视时,被它的气质打动了。

王骏依然是把口罩吊在一只耳朵上,他说:"你刚缓过阳,不该戴口罩,本来气就不够使。"见我走路有点哆嗦,他以为我除了身子虚,也是因为进太平房有点恐惧,便安慰我说医生告诉他了,这太平房利用率很低,因为附近乡镇的老人死了,亲属们习惯在家停尸,然后再送火葬场。进太平房的,大都是活到中途出意外而没抢救过来的,一年没几个。所以昨天没地方安置长脖老等,医生就想到了太平房。王骏说:"在医生眼里,太平房和产房没啥区别。"

这只长脖老等伤在右腿，裸露的伤口像片玫瑰花瓣。王骏说这不像在岩石上擦伤的，倒像是中了偷猎者下的铁丝套，它奋力挣脱时伤及皮肉。王骏说它实在聪明，知道跟着人类的车子求救。而它不仅自救了，还救了你。只是它将来被送到保护站后，虽能保命，但一个冬天被迫做了留鸟，明年即便伤好了，野外生存能力降低，秋天能不能南迁，成不成老鹰嘴里的食物，也两说呢。

王骏慨叹完，他手机的视频铃声响了，王骏说："是我老婆，你刚好认识她一下。"他说着接通视频。

透过手机屏幕，我见一个穿红花毛衣梳齐耳短发的圆脸女人，笑微微地面对我们，她问王骏："你干啥呢？"

王骏笑呵呵地说："你救的人和鸟都在太平房呢，我先给你看看长脖老等吧。"他把画面切到鸟身上。

女人说："看上去不精神啊，得早点送到保护站。"

王骏说："是了，我刚打听好了，下午就送走。"然后将画面切到我身上。

女人看着我说："人比鸟精神啊。"她笑了起来。

我刚说了一句"谢谢"，女人就说："有啥谢的，你得感谢长脖老等，不是它发现你，你早没命了。"女人说王骏告诉她了，我家人的电话都在手机里，想不起来了，她说如果我愿意，可以把家地址告诉她，她上门报个平安，反正做完核酸也没啥事。我心想林蓓哪会像她这样，时刻惦念自己的丈夫，我就是失踪一周她也未必感知到。而母亲则不一样了，只要是传统节日，我在哈尔滨都会陪她，在外地则必给她打个电话问安。要是今晚她没接到我电话，再打过来无法接通，非得急死不可。我也不客气，拜托女人去南岗邮政街我母亲家一趟，报个平安。女人说刚好她住在海城街的一家小旅馆，离那儿很近，让我把详细地址给王骏，他微信给她，她即刻出发，到时让我们母子视频一下。

四十分钟后，我和王骏刚要离开太平房，他爱人发来视频信号，说已到我母亲家。八十多岁的母亲防疫意识真强，武装到牙齿了，不仅戴着口罩，还戴着一个护目镜，这使她看上去怪里怪气的。她见着我先骂了一句"瘪犊子"，说疫情期间她本不该让外人进的，可听说我漂流翻了船，手机不见了，只好冒险给人开门。她警惕性极高，见王骏在我身边晃悠，问他是谁，我是不是遭绑架了？我说当然没有，这两个人是夫妻，我的救命恩人。

我让母亲把医疗费帮我先给女人,母亲斩钉截铁地说:"没门儿,你肯定是遇到诈骗的,受到要挟了,我给你报警,你告诉我在哪旮沓?"真让人哭笑不得。

我只好退而求其次,让她把林蓓电话给我,母亲又骂我一句"瘪犊子",说:"你就知道惦记媳妇!"母亲说林蓓一清早给她打电话,她今儿出不来了,因为小区有确诊患者的密接者,人都给圈在家里隔离,两天才能出来买趟菜。

母亲教训我说:"你一天就知道在外逛游,还有心思玩水? 也不知林蓓是不是一个人隔离在家,她给我打电话时,我咋听见好像有男人的咳嗽声呢?"

我说:"真有男人代替我在家咳嗽,我情愿在外当个散仙。"

母亲撇着嘴,再骂我一句"瘪犊子",说:"你不怕绿帽子压扁脑袋呀。"王骏和他老婆听后,齐声笑了起来。

母亲年轻时是演驴皮影的,也就是皮影戏。行当使然吧,她爱操控人,喜欢发号施令,父亲唯命是从,他也是因迷恋母亲塑造的角色而爱上她的。所以父亲去世的时候,母亲在殡仪馆给他做告别仪式,就是请她的几个老伙计演了一场父亲最爱的皮影戏《鹤与龟》。因为这是出动物寓言轻喜剧，参加葬礼的人被剧情感染，笑声不时泛起，父亲就踏着母亲为他营造的笑声上路了。

父亲走后，考虑到母亲年事已高，我请保姆前去服侍，可母亲很快给打发了，说她能走能蹽的，屋子本就不大，不能再多个放屁的人。待到近几年她记忆力衰退，几次忘关水龙头和燃气阀，她哀叹着岁月不饶人，自请了保姆，声言要在有生之年，花掉自己所有积蓄，不给后人留半个子。唯一带不走的是房子，她早已更名到我女儿名下，为此母亲还刺激过林蓓，说："你要是养活个儿子，这房子我就留给孙子了！"林蓓嗤之以鼻地说："哪座房子最后不是坟墓呢？"母亲气得直捶胸，讥讽道："照你这么说，你妈就不该生你不是？"我永远记得林蓓听后非但不恼，还动情地拥抱了母亲，说："您真是我妈，我就这么想的。"

母亲见王骏和登门报信的女人一脸忠厚，说得不像是排演过的，而我状态自然，终于相信他们不是骗子。问清他们帮我垫付的医疗费数额，她即刻付给女人，还多拿出两千，让她通过王骏转我，说一个大男人在外身无分文，寸步难行，不过她声明这钱我得还她，看在我是她亲儿子的分上，利息她就不要了。

钱的事情交涉完，母亲说她早晨接到一个陌生男人来电，他说你儿子的电话怎么打不通，只好找您了。他手里有件宝物，人都说是金代的，好像跟宋徽宗有关，想请你鉴定一下真伪，他出鉴定费。母亲责备我不该把她电话告诉给外人，未等我解释我从未泄露过她电话，母亲又说，别以为宋徽宗当年在咱这儿被囚了几年，就谁都能捡着宝贝，做梦去吧！

母亲对宋徽宗的画不屑一顾，收藏在辽宁博物馆的《瑞鹤图》和北京故宫的《芙蓉锦鸡图》她都看过，说那画中品而已，布局乏力，也不脱俗。尤其是《瑞鹤图》，群鹤弯着脖子飞翔，缺乏气韵。而且群鹤之下的宫殿看不到底部，等于失去根基，颇不吉祥。她说要说那时期的画儿，还得是王希孟和张择端的。但宋徽宗的书法她认为绝了，空灵深邃，每一笔都含着泪似的，像是一出生就活了一辈子的人的笔力，笔笔如柳又笔笔如钢，旷世难得。

母亲叮嘱我与所谓的持宝人打交道要小心，这里骗子很多。

与母亲视频通话结束后，医生见我状态不错，准我出院。这样中秋节午后，我和王骏带着长脖老等离开卫生院。

王骏说：“你死里逃生，大过节的，天又这么凉，咱得吃点好的和热乎的。"这样我们寻了一家小馆，吃热腾腾香喷喷的羊蝎子火锅。刚踏进店门时，店主见王骏抱着长脖老等，以为我们是来私卖野物的，两眼放光，说正愁八月十五没野物下锅呢，连问多少钱。王骏瞪着眼说："我看你像野物！"店主再不敢提这茬儿。

王骏酒量一般，只喝了二两烧酒就兴奋异常，我遵照医嘱滴酒未沾。酒是话篓子，大多数人喝多了话就多，王骏也不例外。他告诉我他老婆是后找的，他总跑长途，前个老婆在家太寂寞吧，跟一个开杂货铺的好上了。王骏说老婆的私人领地被别人侵占，他这辈子不想再碰了，立马离婚，他们唯一的男孩归他，由他母亲照看。

王骏说现任老婆比他小五岁，极其善良，本来许了一户人家，但快结婚时发现得了子宫癌，虽是早期，但得摘除。手术后恢复不错，但她没了"育儿袋"，那家解除了婚约。王骏说他有儿子了，不在乎传宗接代，就娶了她。婚后她一直跟他跑车，车上备有炊具，在各个高速路服务区，老婆给他做饭的情景，是大货车司机最为羡慕的。王骏说人也真是怪，他跟前个离了，但她日子过得不如意时，他也心焦，毕竟她是孩子的生母啊。再说他和她婚内时，在外有时十天半个月见不着老婆，也曾在高速路服务区的小旅店接受过找上门来的服务。王骏慨叹说生为女子不易，好像女人天生就得是贞洁的，男人胡来后只要对家好，一切可以忽略不计了。王骏说现任和前个老婆处得不错，两人一起赶过集呢。唯一让他难受的是已上初中的儿子不认后妈，她对他一万个好，也换不来一个好，她常偷着哭，这两年也常咨询做试管婴儿的事情，让他心惊肉跳的。因为他这岁数不想再要孩子了，再说做试管婴儿遭罪又烧钱。

我苦笑着说："我现在的老婆也是后找的，我也被戴过绿帽子。"

王骏哈哈笑着拍了下我肩膀，说："难兄难弟啊。"

从小馆出来，我雇了一辆破烂不堪的私家车，先和王骏送长脖老等。这家野生动物保护站在山中，规模不大，有两头黑熊、一头驼鹿、几只狐狸和狍子以及形形色色的鸟。它们非瘸即瞎，或是伤了翅膀，看了让人难过，是极难回归大自然的动物了。

接待我们的人六十岁上下，一嘴黄牙，说话南腔北调的，不像本地人。他按照惯例做完登记，动员我们认领这只鸟,支付饲养费,他们可定期把长脖老等康复的图片发给我们。见我们犹豫,他聒噪说断掌的黑熊,是某某老板认领的;那只瞎眼的狐狸,是个患癌的女士认领的。他们认领了这样的动物,发财的发财,康复的康复。

王骏问:"那一个月得多少钱啊?"

工作人员说:"这只长脖老等伤在翅膀,相当于一辆汽车马达坏了,治疗和饲养费,一个月少说得四百块。它今年就得在黑龙江过冬了,你们可以先捐半冬的钱,三个月,一千二百块,我可以开收据,还能盖红章。"

王骏表情复杂地看了我一眼,先给长脖老等拍了段视频,再拍了几张照片,说是留个念想。

母亲借给我的两千块,因我手机和银行卡未恢复,王骏只得给我现金,我在羊蝎子小馆花掉二百三十元,雇车用了四百元,如果再支付一千二百元,所剩无几了。我跟工作人员说:"我先捐六百,余下的看它的恢复情况再说。"

工作人员大喜过望地说:"六百也中,我一眼看出你是个好人!"

我数出六百块钱,递给工作人员时,王骏突然拽住我,说他需要现金,让我串给他,他用微信转账给对方。工作人员眼巴巴地看着那六百现金，虽不情愿，但还是加了王骏微信，接收了六百块。谁想他开完收据，却说忘了公章在另一个同事那儿，锁在抽屉里，这人回城过节了，他也不好撬锁，所以无法盖章了。我嘴上说着没关系，但心里觉得六百块钱事小，可他的言谈举止，让人对这家保护站缺乏信任了。我要来他的电话号码，说未来会和他联系的。

出了保护站，我和王骏仿佛参加完好友的葬礼，有股说不出的沉痛，上车后并排坐在后面，彼此无话。偏偏赶上我雇的司机是个直筒子，他嘲笑我们："你们也算吃了半辈子的盐了，咋这么幼稚？把长脖老等送到这儿，等于献上了八月十五的大餐，我敢保证，你们前脚走，后脚人家就会拿刀抹了它脖子，炖了下酒！"

王骏轻轻拍了一下我的肩膀，说他也有这个担心。一般的保护站，是不会强求爱心人士认领野生动物的。所以他留了一手，给它拍了视频和照片，还用微信转账，留下捐款记录。

王骏说人没有长得一个模样的，鸟也一样。隔个十天半月的，他会和工作人员视频一下，看它是否活着。见我不语，王骏又说："你先捐了六百，眼下它的命是没问题了，保护站得留着它，继续让你捐钱。可是如果你一直捐，我最担心的是，明年它伤好了，可以南迁了，也未必给它放归自然。最让人不敢想的是，万一没伤再给它弄伤，继续钓好心人的钱，我们反倒是让它受折磨了。"

我说："先别把事情想那么坏，这一带我常来，如果这家做事不规矩，我会把它解救到另一个地方，我承诺会尽快。"

王骏说："那就妥了。"

但司机听后不悦，说："你们给一只鸟随便撒六百块，我这一趟往返，少说也得两百公里，大过节的谁爱出车？我最开始要五百，你们非砍下一百，难不成我还不如那只鸟？"

我可不想司机中途撂挑子，赶紧说："师傅咋也比鸟金贵啊。"忙从口袋抽出一百，探过身子，把它放到副驾驶座位上。

司机歪头看了一眼粉红色的百元钞票，像看着一块可人的蛋糕，眼神立刻温柔了，说："那就谢谢大哥了。"

送完长脖老等，我又把王骏送到一家服务区旅店，他说和老婆约好了，她拿到核酸阴性报告后，明早驾车离开哈尔滨,去那儿接他。想起他刚跟我说过的在高速路服务区做过的龌龊事,他下车时我忍不住在他肩上狠抓了一把,有点警示的意思。

王骏一脸坏笑地说:"抓我啥意思,不想让俺好好过节不是?"他嘱咐我手机恢复后,别忘了加他微信,他会把长脖老等的消息发给我。

与王骏分手后我倦意袭来,一路昏睡到山庄。

暮色渐浓,雨又来了。我走进山庄时,庄主正和一个客人搭讪,他见了我像鹅一样"啊啊"大叫:"老天爷啊,你可回来了!"

原来,我当夜未归,他还以为像我这种自驾游的人,去别处耍了,并没在意。第二天上午还不见我影子,而他发现我的车子却还在停车场,感觉事情不妙,于是调取山庄外的监控录像,发现我去了河边,而那儿的一条渔船不见了,断定我是偷船漂流了。想着我在哪儿平安上岸后,就会回来的,所以没有报警,一直等到现在。

我跟庄主连声抱歉,说那条船撞散了,我会赔偿的。我没回房间,而是要了一把伞,先去了停车场。我的越野吉普与我相依为伴,在外就是我流动的家,我迫切地想看到它。可是停车场的几台车,全都是陌生的,我反身去问庄主:"我的车怎么不见了?"

庄主瞪大眼睛说:"这咋可能呢,昨晚我还看到了呢。"

我说:"那你看看监控,谁动了我的车子?"

庄主一龇牙说:"真是不巧,昨天我调取完监控,系统就失灵了,这大过节的,杂事一堆,还没顾上修呢。"

庄主的话让我觉得自己的车子跟我一样出了事。

我要求庄主报警的时候,他提出来可以让保安先带我在附近找找,说是以往也发生过类似的事情,有时附近村镇淘气的半大小子,会趁人不备潜入山庄,撬了客人的车子开出去,耍够了再扔在山庄附近,这样客人找得到,除了浪费点汽油,也没啥损失,所以都不会报警,而我驾驶的越野吉普车,是他们爱下手的目标。

庄主的话更让我觉得他知道我的车在哪儿。

在庄主的安排下,山庄保安嘟嘟囔囔的,很不情愿地骑着摩托车带我去寻车。天已黑了,雨还没停,风起来了,我的雨披被风掀起,脊背阵阵发凉。摩托车灯照着前方的雨,亮闪闪的,仿佛大把大把的伤心泪。车行四公里左右,在一片开阔的杨树林中,我发现了自己的车。车门和后备箱均被撬了,那盏我收来的李杜将军的台灯被砸烂了,莫德惠的字也被撕碎了。见我痛心不已,保安鄙夷地说:"一盏破灯和一幅破字,有啥稀罕的?"我骂他:"你懂个屁!"想着他没有拐弯,一路径直把我载到这儿,我认定他和庄主是损害我车的同谋,怒不可遏,一把将他按倒在地,骑在他身上,威胁道:"你不说实话,我就让你过不去八月十五!"保安吓得嘴都哆嗦了,连说:"大哥对不起,这一切可都是庄主让我干的。"

原来庄主发现我偷船失踪后,很快有人在下游发现了那条被撞坏的船,还有人陆续发现河面的漂浮物,手电筒、药品等。就在山庄附近的柳树丛,也发现漂来的一本被泡烂的书,庄主由此断定我是死了。一个入住的客人在他这儿发生意外,无论如何都是灾难,会面临意想不到的官司和赔偿。这两年的疫情本来就让从事旅游业的人难挨,再不能雪上加霜了。因我不是网上订房的客人,所以庄主只要把我入住登记的纸页撕掉,再把近三天来山庄的监控删除,将我的车神不知鬼不觉地移出,我的死就跟山庄无关了。

保安说车子是庄主让他撬锁开出来的,庄主许诺他,车上有啥值钱物就拿着，算是报酬。结果他一分钱也没找到，只发现了一盏旧台灯和那幅看起来像从废纸堆找出的字，他一时冲动，拿它们撒气了。保安说他可以赔我一盏新台灯，至于那幅字，他可以求他儿子的书法老师写幅新的给我，我要啥字就给我写啥字。

我松开保安，欲哭无泪。那本漂到山庄柳树丛的书，是宿白先生新版的《白沙宋墓》无疑了，这是此行我带的书。

保安瘫在泥水里，瑟瑟发抖。我将他拉起，说："你回去吧，就跟庄主说我找到车，直接开车回哈尔滨了。"

保安站起来，摇晃了几下，乞求我不要告发他，他若丢了这个饭碗，一时还没有好的去处，家里老人看病和孩子上学的钱，都会成问题。我答应他此事到此为止。

我踏上自己的越野吉普车，待保安驾驶摩托车远去，才缓缓启动。

后半夜雨停了，月亮却没出来，我本想开到依兰，可是走到中途，燃油耗尽，只得停在半路上。其间有车辆经过，我也下去求救，但没有车子停下来，这更让我觉得遇见王骏夫妇是多么神奇和温暖的事情。

两日后我回到哈尔滨，因所居小区还没解除封闭，便去了母亲那儿。母亲见我憔悴不堪，赶紧让保姆给我煲鸡汤。她说这岁数的人了，以后就长点记性吧，别心血来潮做危险运动了。当晚我还和林蓓通了电话，讲了此去依兰的遭遇，她却当神话来听，建议我去看一下精神科医生，说她可以帮我网上预约。

半个多月后，我身体完全恢复，身份证、电话、银行卡等信息也恢复，于是驾车第四次来到依兰。

参观五国城遗址的这天雨雪交加，几无游人。园内的靖康之变历史展室和仿造徽钦二帝生活的地窨子，都不是我感兴趣的。

五国城遗址围墙一角，有两方躺倒在荒草中的二龙戏珠石碑，也叫九孔透龙碑，这才是我此行最想看的。这是四年前从老牡丹江大桥水下打捞出的两块石碑，属于官至三姓副都统、二品大员的墓碑。据史料记载，从一七三二年开始设立三姓副都统后的近一百八十年间，历史记载的副都统就有五十位。凡副都统退休后，会被召回京颐养天年。能在地方立墓碑的副都统，都是任期未结束就故去的人，或病或是意外。据说二十世纪六十年代末牡丹江大桥初建，工人在就地采石时发现的。那年代的碑都被当作"四旧"，无人保护，所以他们就拉下山，做了建桥材料。而拥有这种墓碑的人，通常是任职期间功勋卓著者。

望着这两块面貌苍苍的石碑，想着它们曾做了牡丹江大桥的基石，半个世纪来在波涛中渡着往来的人，我不由得想起女人给我讲述的宋徽宗碑桥的故事，感慨万千。细雨夹杂着斑驳的雪花，落到二龙戏珠石碑上，是那么地美，又那么地凉。就在此时，王骏通过微信，转给我一张照片，是野生动物保护站的工作人员发给他的。

救了我的长脖老等，在铁丝网围起的棚屋里，如灰衣骑士，站在一根像是被熊啃得齿痕斑斑的枯木桩上，醉心地望着什么。它的黄嘴巴比之前娇艳了，肩上的棕栗色蓑状长羽也格外有光泽了。我想知道它如此痴迷地在看什么，将它目之所及的角落局部放大，竟在墙角的一堆干草中，发现一只眼熟的白釉黑花罐。

2022 年 2 月　哈尔滨

碾压甲骨的车轮

而那些从楠木盒子里被倒在地上的甲骨，被车轮碾压得"嘎巴"作响。那甲骨上的字先前还活灵活现的，顷刻间四分五裂，化为齑粉。李满头疼欲裂，视线模糊，一阵恶心，只觉鼻腔一阵腥气，四肢像是被小鬼给绑上了，不得舒展。他晕厥在马车上的最后一刻，看见的是马鬃毛扬起后如灰云一样飘拂，听到的是车轮下的甲骨赴汤蹈火般的呐喊声。

第一乐章　樱花奏鸣曲

丈夫近年去龙王塘赏樱归来，总要找碴儿和我大吵一架。

平素进店都是推门而入的他，这天却强盗似的踹门进来，也不管这门店是我们租的，对它并无话语权。他一身樱花香、满脸戾气地穿过一楼餐厅时，"海鲜小厨"的主人瞥见他，会大声吆喝一声"贵哥回来了"。与其说是与他招呼，莫如说是给在阁楼上的我通风报信。

通常我正给顾客拍着照片，他怒气冲冲地上来后，也不管外人在场，对我吹胡子瞪眼的，不是嫌我一脸褶子还穿樱花似的银粉衣裳扮嫩,就是讥讽我这水桶腰与樱花树的小蛮腰没的比,再不就嘟囔我即使洒了香水,吐出的气也没樱花清香。总之他与樱花幽会完,这灿烂的花朵不知怎的成了第三者,如定时炸弹埋在他心间,见我就爆炸。一般顾客在旁,我不好发作,由他撒泼。我敛声屏气调整焦距,对准顾客,相当于对准钱袋子,快门声就是点钞声,我们的生计靠它维持着。

　　来影楼的人要么拍各类证件照,要么拍结婚照或艺术照。有一回丈夫将战火转移到客人身上,遭到了顽强的抵抗。楼下海鲜小厨的主人说起这事,总要笑一通。一个化着浓妆的中年妇女来拍艺术照,她黑红粗糙的脸涂着厚厚的脂粉,稍稍一做表情,脂粉就像老屋的墙皮簌簌掉渣。丈夫见她对着镜头搔首弄姿,长叹一声说,赏完樱花就吃苍蝇,人生真是一场荒诞剧啊。这女人年轻守寡,是卖海蛎子的,财大气粗,在海鲜市场也是一霸,认了不少干哥哥,是个惹不起的主儿。只见她从聚光灯前腾腾奔向丈夫,用一只手薅起又矮又瘦的他,清了清嗓子,攒出一口痰。丈夫见势不妙,连忙别过脸去,但这女人蛮力十足,愣是用另一只手撬开丈夫的嘴,一口痰瞬间轰炸了丈夫的口腔,她嚷着苍蝇的味道咋样啊。丈夫羞愤难当,骂她是个没人要的烂婆娘。但他自此长了记性,其后只把怨愤撒在我身上。他被樱花勾了魂后,总用那种想把我打发到地狱的目光,冷冷看我。

丈夫是土生土长的旅顺人,我是苏州人,我们结婚十四年,儿子十二岁了。十年前在东北某地掌权的公公,因贪腐被"双规",一年后被判了十五年有期徒刑,违法违纪所得被悉数没收,包括他为我们在旅顺购置的海景别墅,那曾是我们的婚房,儿子的出生地。

公公出事时儿子两岁,正是傻吃荼睡的年龄。我们倾其所有,在城郊买了一套七十多平方米的二手房。我和丈夫挪窝时灰头土脸,而流着涎水啃手指的儿子,却因换了新环境,兴奋得呜哇欢叫。

丈夫有公职,在市总工会离退休干部处工作,实际上基本不上班,他还经营着一家海运公司。公司法人由他发小挂个虚名,他是背后掌权人。但这一切的障眼法,没有逃脱纪检部门的法眼。这家公司的注册资金,最后查明来源于公公违纪所得。公司被查抄,贪赃物品也被追缴,包括我的钻石婚戒。这实在荒谬,丈夫曾说这是他去香港时为我定做的，而实际上这是一个墓地经营者，为从公公那里拿地块，知道他儿子要结婚，送上的价值二十万元的婚戒。看来我们的婚姻，从一开始就跟死亡挂了钩。

一夜间我们一无所有，真是应了父亲说的，不该你享受的千万别沾，会遭灾的。

我家境一般，父亲是苏州某区供排水公司的管道维修工，母亲在一家私企服装厂当缝纫工。我高考那年母亲病故，父亲很快娶了个比他小一旬的在汤圆店打工的河南姑娘。婚后他们生下儿子，父亲为此乐开了花，他在污水横流的地下管网作业时，常哼着歌。别人调侃他时，他说别以为好声音都在天上，地下的老鼠也有金嗓子。

我当年考上的是河北一所二本院校，新闻学专业，毕业后考研和考公务员均不中，吃饭立马成了问题，因为家里在我大学毕业后，不再给我一分钱。我先是应聘到石家庄一家行业报纸当记者，之后入职天津一家待遇不错的海运企业做宣传工作。薪资加奖金，支付房租和日常开销，绰绰有余。我能敞开怀吃狗不理包子，观影看戏，短途旅游，偶尔还能享用一顿海鲜大餐，买些中低档的服饰、包包和化妆品，装扮并不漂亮的自己。

我就是在天津认识丈夫的，他来我们企业洽谈合作，我负责接待。他大我两岁，黑瘦黑瘦的，心形脸，尖下巴，小眼睛，胡子拉碴，衣着朴素，说话平卷舌不分，烟不离手，但滴酒不沾。他食量很大，也不挑食，亲切随和。因为事先知道他的家世，我对他的低调谦逊颇有好感。他与我们签订完合作协议，回旅顺的前夜，老总在豪华酒楼宴请他，但他对金盘银盏里的食物很漠然，没怎么动筷子。我送他回酒店时，他说，没吃饱，要不一起去海河边吃大排档海鲜？我说，当然好了，我请你。

那天晚上，在码头的露天海鲜摊，我点了青韭炒银鱼、红椒炒泥螺、清蒸虾和烤鱿鱼，这些入味的小海鲜很对他胃口，让我们变得热络和亲近。他聊到一些童年趣事，也很自然地问到我的家庭、在哪儿读的大学等等。午夜时分，女摊主打着哈欠说就剩我俩了，月亮都打烊了，钻进云彩睡觉了，她也该收摊了。这时他掐灭烟，起身跟摊主说了什么，然后问我可以给他下碗面条吗。我说当然了，我自己也想要一碗。我打开煤气罐阀门，用一只坑坑瘪瘪的铝制闷罐儿，煮了一锅清汤面。我没浪费清蒸虾的虾皮，把它们扒拉到盆里，简单冲洗后下锅，清水煮了五分钟，捞出虾皮下面条,再卧两个鸡蛋,加少许盐,最后撒上一把葱花。这锅没有一滴油的面条,他一大碗,我一小碗。那凝脂玉般的蛋白裹着油润蛋黄的荷包蛋,半沉半浮在碗中央,仿佛月亮流着蜜;而漂浮的葱花,则如碧水绽开的波痕,荡漾着无尽的春意。它的味道家常又空灵,吃得月亮都馋了,从云里钻出来。享用过面条,他又美美地吸了一支烟,然后我们像老友一样,会心会意地相视一笑。他对我说,你一个人在天津怪不容易的,我也缺个做饭的,要是你不嫌弃我这狗模样,就跟我去旅顺,做我老婆吧,那里的冬天比苏州和天津冷,但雪天的海景贼拉美啊!

我那时为着可怜的自尊心,还故作矜持地说我考虑一下,没有即刻答应他。但他离津后,我满脑子都是他的影子,每天会上网查旅顺的天气,心想万一他遇见一个比我做饭还好的女孩,这个名叫李贵的男人的主权,就不属于我了。我有领土受到威胁的危机感,赶紧打点行装飞过去。

李贵来机场接我时,把家门钥匙交我手上,说公司还有点急事要处理,先不陪我了,晚上回家一起吃饭。李贵带给我的见面礼虽也姹紫嫣红的,但不是鲜花,而是满满一后备箱的食材。

我和他在一起的第一天就进入角色，扎起围裙进了厨房，自甘做起了全职太太。

公公和婆婆对李贵的选择并不满意，嫌我模样中等，家境一般，不是名校毕业，还没个正式工作，不明白他看上我啥了。双方家长中唯一肯定我婚姻的是继母，她和父亲来旅顺参加我的婚礼，一见着海景别墅的婚房，就"啧啧"叫着，说这是神仙住的地方哪，这下德宝可有指靠了，你阔了，不能不管你弟，你和他可是一个爹！

德宝那年刚上小学，我们之间极为陌生，继母一遍遍地把他推到我面前，他一遍遍地逃回继母怀里，好像我是一团野火，他是一张薄纸，碰着我会要了他的小命。继母叹息着，骂德宝是个没出息的。当主婚人宣布婚礼开始，我挽着父亲的胳膊步向富丽堂皇的典礼现场时，父亲的胳膊在剧烈颤抖，而当他把我交给贵哥的那刻，更是泪如雨下。参加婚礼的人都说他这是舍不得女儿出嫁，只有我知道，他是因悲哀。

父亲一到旅顺，看见我的奢华婚房和我那镶嵌着珍珠的婚纱，就一直皱眉头。婚礼前夜，他把我叫到一旁说，这个婚能不能不结？我说那怎么行，我和贵哥交往也不是一天两天了，有感情基础，他是个忠诚可靠的人。父亲忧心忡忡地说他觉得我们拥有的这一切，来路不干净，一旦他家出事儿，我会跟着遭殃。

父亲没给我送上祝福，反倒是诅咒，我气急败坏地说，要说钱的来路不干净，你挣的那几吊才是呢。哪个地下管网见得着光，哪个不是臭烘烘的？亏你还能唱得出歌！生活在地狱，却觉得在天堂，真是不知好日子是什么滋味！

父亲怔怔地看了我半晌，凄凉地叫了一声"桂枝"，那是我生母的名字，不再说什么。

在互联网时代，当年公公出事，父亲第一时间就知晓了。正式消息发布的次日凌晨，彻夜无眠的我正给儿子换褥子，有人按门铃，打开门一看，竟是父亲。他坐了一夜火车，蓝布工装满是污渍，胸前挎着德宝不要了的绿书包，蓬头垢面，满眼是泪。他颤着声说孩子别怕，有爸在呢，我一头扑到他怀里哭起来。父亲的怀抱就像地下管网的入口，散发着难闻的气味，那是混合着汗味、臭脚丫子味和劣质烟草的气味，但那个瞬间我明白，它们是洁净的味道。

父亲让我跟他回苏州，说那里气候好，商路广，随便干点啥都饿不着。当时李贵也被带走配合案子调查，父亲说，万一他回不来，你可不能傻等，你还年轻，有权人家的子女，有几个脚底板干净呢？多半跟着老子蹚过浑水的。父亲从书包里掏出一万三千块钱现金，说这是近年来他攒下的加班费，可应个急。

我没跟父亲回苏州，三个月后李贵出来，我们搬完家，依然在一块儿，过起平凡的生活。我不再揣着各种 VIP 卡去高档商场、按摩院、美容院、健身房、影剧院和咖啡厅，李贵也把打高尔夫、骑马、滑雪和海上冲浪的装备送人，那都是烧钱的运动。我们加入了散步者大军，这项运动无须投入，不挑剔环境，可去海边看潮涨潮落，可进公园看春花秋月，更多的时候，我们就在居所楼下散步。

那条小街有五家小商铺，由南向北依次是酒馆、宠物诊所、小海鲜店、电器维修铺和寿衣行，所以常见着醉得东倒西歪的人，见着穿着入时抱着病猫病狗的人，见着附近居民趿拉着拖鞋来买海货，见着气喘吁吁搬着旧家电的人，当然了，也必然见着红肿着眼来定制寿衣的人。

公公的落马，就像一只万花筒被打碎了，那些绮丽的幻景不复存在，剩下的是一地碎玻璃碴子。李贵感慨地说当官就是你在位时放出的一个屁，一干人都抢着当香水收纳；可你落马时，你呼出的一口气，他们都认为有毒了。最让李贵寒心的，还不是世人的唾弃和友人的疏离，而是公公还有个私生子，他大部分的贪赃所得，都撒在他身上了。

公公的情人是东北某旅游公司的导游，比李贵只大一岁，生得妩媚，娇小玲珑。她怀了公公的孩子后，公公把她安置到上海，买了套可眺望黄浦江的高层公寓。为了让她有营生，还盘了个点心店送她。公公下台时他的私生子五岁，我们的儿子在吐奶放屁之间，就多了个比他大三岁的小叔。

其实我和丈夫成家后，公公也曾想给我安排个工作，但李贵说天下可工作的女人多了去了，而能做对他胃口饭的女人，仅我一人。他不愿意，我也乐得相夫教子，朝九晚五打卡上班的苦楚我受够了。但家族遭遇变故后，李贵失去公职，我们的生活一落千丈，所以把孩子放到托儿所后，首要问题就是出去找工作。

我先后去了四家公司应聘，有两家看中我，但录用时要填更详细的履历，丈夫、孩子、双方父母等。公公那段时间是臭名昭著的人物，人家一见他的名字和原工作单位，大都骇然，再无下文。李贵说，你就死了这条心吧，咱干点不需要验明父母身份的活儿，就不用看人的白眼了。几番权衡，我们最终租下这家海鲜小厨的阁楼，雇了个摄影师，开起影楼。

此番选择，很大程度是我们先相中了东家贺磊，他比李贵小三岁，学金融的，一表人才，爱好广泛，赛车、戏剧、音乐、考古、表演、茶道、配音甚至是网游，他都迷恋。贺磊毕业后在一家商业银行做高管，因职务犯罪，坐了三年牢，出狱后他靠着做进出口贸易的哥哥，在旅顺口区买下一个店面，做起餐饮生意。

这个店面带个阁楼，四十多平方米，本是备货间，后来因海鲜小厨生意一般，贺磊就腾出来，打出招租广告，想着多赚一笔是一笔。据说也有不少人看过阁楼，想开裁缝店、文具店、鲜花店和书店的都有，但最终都因上下时要经过海鲜小厨，感觉人家是主，阁楼是仆，虽然租金便宜，但很别扭，风水不佳，再加上担心油烟味上蹿会影响生意而作罢。

我们的影楼投入不高，当年下来，成本就收回来了。

为了节约开支,我学会了摄影技术,很快独挑大梁,不用雇人了。有时客人拍过照,顺脚就在楼下的海鲜小厨吃点东西,而有时客人享用过美食,想着即将办护照或是医保卡,也顺脚上来拍个照。我们的生意在不经意间彼此关照,虽不温不火,但年年有赚头,温饱有了保障。

最初的三年,李贵陪我在影楼忙活的时候不少。公公服刑后,婆婆去乡下买了间民房种地,拒绝亲人探望,吃长素,整日阿弥陀佛;李贵戒了烟,却恋起了酒。自古以来,酒和愁就是一团云,难解难分。

夏日的傍晚,李贵爱和海鲜小厨的主人贺磊吃点小海鲜,喝瓶啤酒。有时兴致高,我在楼上又不忙,李贵会大声吆喝我下来掂掇俩菜,他对我的厨艺始终不吝赞美。

有一回李贵喝得舌头硬了,拉着我的手说,当着贺磊的面,你跟我说个实话,我家老爷子出事后,你为啥没离开我?你当初不也是看上我的家庭吗?你和我接着过,不全因为咱们有儿子吧,是不是怕别人说你不义?

我吹干一瓶啤酒,拍着他的肩膀说,贵哥我告诉你,我最初跟你,确实一半是看上了你的家世,但我也是真心觉得和你对脾气,才下定决心飞到旅顺。你被羁押的那段日子,我没睡过一个囫囵觉,儿子夜里也不如以前省心,总要哭闹几回。可你被放回来的那个晚上,真是奇了,我和儿子连睡了九个钟头,真是要把日头都睡扁了。即便你是一条狗,可我们闻你的味道习惯了,又怎能离得开呢?还有你回来的那天,见你瘦得跟风干肠似的,我心里那个哆嗦啊,能让我心疼的男人,目前还只有你。

李贵听完哽咽了,他对贺磊说,再娶媳妇,就照你嫂子这样的找!

贺磊当年入狱后,他新婚仅一年的妻子离开了他。他对女人始终心有余悸,一说成家就摇头苦笑。

丈夫对公公的事在认知上能接受,说他在某种程度上是共谋。求父亲办事的人贿赂他时,他明知不干净,但一想出事的概率极低,渐渐养成了吃腐物的胃口,很少会拒绝。但他憎恨公公有私生子,害得他母亲差点削发为尼。

丈夫每年至少探监两次,去时让我洗印一沓儿子的照片,说公公最想看的是孙子。我们的儿子自记事起,就知道每年要给自己见不到的爷爷拍照片。他问,爷爷去哪儿了,怎么老也见不着? 我们说,爷爷是船长,每年绕地球环行,所以不能上岸。儿子天真地说,原来爷爷是鱼呀。

碾压甲骨的车轮

李贵除了在影楼和我共同打理生意，近两年还开起网约车，一方面多份收入，另一方面接送儿子上学方便。

他还迷恋上了甲骨文，说那些字是太阳都想采撷的花朵，是月亮都想拾取的露珠，学习甲骨文，会有走遍万水千山的感觉。他说有朝一日发了财，定要开一家甲骨文灯饰店，因为他发现一些甲骨文，如"门""余""康""丰""云""龙""戌""庆"等，就是天然的灯盏造型。他还把研究甲骨文的专著都买来了，半懂不懂地看。

而自公公服刑的那年开始，他还迷上了樱花，每年都独自去龙王塘赏樱。他平素对我极为和善，甚至有点低声下气的，但只要樱花入眼，简直是换了个人，对我百般挑剔和羞辱。贺磊同情我，这几年樱花开放的时节，闻知李贵去龙王塘了，不管多忙，总要备好酒菜，给李贵降火消气。

但是今年李贵去龙王塘赏樱，直至夜晚，除了海风，没谁踹海鲜小厨的门，更没谁冲上阁楼，拿樱花来鄙薄我。

李贵这天没有回来，而他失踪不是第一次了。

李贵失踪不像一般人所想象的，去夜店泡妞或是纵酒狂欢了，而是去二十四小时书吧读书、夜钓、享受美食或是徒步绕城了。他不想回家的这天，会关掉手机，任谁也找不着。当然第二天我在厨房做早餐，总会听到钥匙在锁孔里熟练地转动的声音，他会准时出现在餐桌旁。

我问过李贵，为啥彻夜不归不提前知会我一声，难道我做错了什么，该受惩罚？

李贵总是温和地笑笑，说你什么也没做错，要说错，得算在夜晚的账上。他说有些书籍和食物，穿了黑夜的外衣，气质骤升，变得熠熠生辉，给了他逃逸的感觉，那个时刻他就不想回家。

我说，这证明你不够爱我，因为相爱的人愿意分享美好。

李贵半是讥讽半是怜爱地对我说，你真是个傻老婆，跟你说吧，美好的特性是孤绝，能分享的多半廉价。

我万分委屈地说，那你干吗还要结婚！

但李贵从未在赏樱的日子失踪过，这令我不安。楼下的贺磊也坐立不安的，他备了三十年陈酿花雕等他，厨子做了李贵钟爱的椒盐青蟹和鲍鱼豆腐煲，也都凉了。

三年来因新冠疫情常态化，人们居家的日子增多了。

封控如台风一般袭来时，餐馆就得关张。但只要解封，憋坏的人们会蜂拥而入，似乎不在外纵情吃喝几顿，就对不起自由。所以海鲜小厨的生意潮涨潮落的，依然有赚头，而我的影楼却是生意惨淡。

人们没心情打扮自己，更别说拍艺术照了。出国游停了，谁还为办护照而拍照呢？拍结婚照的都少了，好像婚姻成了一件可有可无的事情。

贺磊见影楼客人不多，李贵的网约车运营平平，免了我们一半的房租。我想不能长期靠人施舍过日子，最近也想换宗生意做，比如开个外卖甜品店，据说疫情中人们对甜品的需求增加了。

已是晚上九点了，我和儿子走下阁楼时，海鲜小厨还有两桌食客，一对老头儿喝得面红耳赤的，还有一对中年男女不知说到什么伤心处，女人正一把一把地抹眼泪。先前贺磊上来问我联系上了李贵没有，我说打电话他关机了，估计今晚是不回家了，所以我下来时，贺磊没再提李贵，只是问我明早需要他帮忙送孩子上学吗。我刚摇完头，儿子不客气地说，他愿意坐贺磊叔叔的车，爸爸不在家，他可不愿跟我挤公交车上学，万一再传染上病咋整？

儿子出生后的名字李权，是他爷爷给起的。公公入狱后，李贵给他改名为李顺，说是要什么"权"，那是悬在头顶的剑，人生只要平顺就好，再说儿子本就生在旅顺。

顺顺正读小学，这两年受疫情影响，没有一个学期是完整到校的。一到线上教学的日子，顺顺就欢呼，他要么跟着我在阁楼玩游戏，要么在家边吃零食边对着电脑跟老师识字。他不爱学习，见生字就迷糊，算术连个位数的乘除都会出错。李贵望子成龙心切，买了一堆课外参考书勉力辅导，但收效甚微，顺顺每学期的综合成绩都在班级倒数三四名徘徊。有一回他考了个倒数第六，还把李贵乐得多喝了一杯酒。

但顺顺自立性很强，偶尔一个人在家，煮个青菜泡面，做个西红柿炒蛋，手拿把掐。他还勤快，上学后他的背心、短裤和袜子，全都自己洗。他应变能力也不差，像今天他放学后出了校门，没见爸爸的车，打爸爸电话关机，他就叫了出租车，直奔海鲜小厨，先在楼下吃了碗海鲜汤面，这才上阁楼找我。

李贵失踪的日子，我是没心思吃晚饭的。我们到家后，顺顺洗完澡上床玩魔方去了，我则坐在沙发上打开电视机，像他失踪的那些夜晚一样,将频道锁定在本地台,看是否有交通事故、刑事案件、中毒、火灾、坍塌、爆炸等突发事件。然后再搜索微信中龙王塘的动态,一幅幅摇曳多姿的樱花图片叠加而来。从游客晒出的照片看,白天风很大,人们的头发大都被吹乱了,而我在阁楼上浑然不觉。想着李贵可能宿在樱花树下,我留了条语音给他:眠花宿柳的亲爱的同志,小心着凉啊,龙王塘有帐篷就租一顶。明早儿我做鱼松皮蛋粥,等你回家吃啊。

然而第二天早餐时间过了,锁孔并没传来钥匙转动的声音,只有贺磊来按门铃,他驾车送顺顺上学,顺便和我们吃了早餐。

贺磊提醒我说李贵别是遇见坏人了,近年来绑架网约车司机的案子没少出。他这一说我心里"咯噔"一下,赶紧打电话给李贵加盟的这家网约车公司,问能否从GPS上监测到李贵的车在哪里。公司说李贵昨晚发微信告假,说有急事外出,近期平台不要派活儿给他。

看来他是有预谋地失踪,所以我反倒不紧张了。

这天上午影楼生意不错,一对老人拍了一套金婚照,还有来拍驾驶证、厨师证、医师证照的人。忙完已是午间,拿起手机，发现李贵两小时前发来两条微信：一条是一个邮箱地址和密码，还有一条是黑夜中的樱花照片。我赶紧拨打他电话，但提示已关机。

有李贵音信了，说明他安全无虞，我松了口气，赶紧下楼告诉贺磊。他刚从外面回来，满头大汗的，说，想看一下，啥樱花这么勾贵哥的魂啊？

我将图片点给贺磊看，他揉了下眼睛，定睛看图片，吧唧一下嘴，说晚上的樱花这么肥啊，像海蛎子！

他的话像欢乐的浪花，荡去我心中的阴霾。

第二乐章　甲骨变奏曲

登录李贵新注册的免费邮箱，看到他留给我的一封信。

老婆：

　　原谅我今早没有回家吃饭。昨天来龙王塘看樱花，遇到一个收藏甲骨的人。他跟我同姓，七十多岁了，当过海员，去过世界不少地方，退休后在大连一家游艇俱乐部当教练。据他说他父亲曾在伪满洲国日本人开的船厂做过工，日本战败时，仓库留下两箱没来得及运上船的货物；后来打开一看，里面是一个个楠木盒子，装的都是甲骨，属于罗振玉的藏品。这批甲骨的命运他没说怎样，只说他父亲得到一盒子，挨饿的年代，他家用它换过粮食。他父亲去世后，还留下两片甲骨。他说他父亲本想捐赠给旅顺博物馆的，但怕被追究来历而倒霉，所以嘱咐他只可私藏欣赏。老李随身带的这片甲骨，成了他的护身符，陪他走过很多地方。它像半个鞋底，拳头大小，赭石色，表面光滑，上部的文字痕迹清晰，而底下的三个字却被腰斩了，残缺不全。据他讲，契文说的是天气，占卜是否得雨。估计那时久旱，人们担心庄稼收成不好。因他属龙，说是命里不能缺水，有水方可呼风唤雨，所以一直带着这片甲骨。另一片老李说甲壳完整，占卜的是狩猎，是他老伴儿的心爱之物，放在家里佛龛前，当菩萨供奉着，谁也不能碰。

　　我跟老李说，应把占卜狩猎的甲骨带在身上，这样人生旅途不惧虎狼,所向披靡。而身上的这片该供奉在佛龛前,佛祖喜甘霖,忌杀生,哪场狩猎不是血淋淋的呢?老李说,你说得对啊,我家这些年不顺,是不是那片甲骨供错了地方呢?

老李告诉我,他有一儿一女,儿子是学法律的,大学毕业后和朋友合开律所,事业发展本来不错,但为利益驱使,在一宗案子中,指使人做伪证,诬陷被告人,被吊销了执照。他因是名校毕业,人又长得帅,承受不了打击,一路颓废下去,重度抑郁,几次自杀未遂,沦为酒鬼,没家没业,只得回家啃老子。人都说儿子养爹,他家倒过来了,是爹养儿子,所以他这把年纪还得出来找事做,不然儿子的生活就没保障。他的女儿是学艺术的,琵琶弹得不错,也得过一些奖。正当她要踏入国家级民乐团的时候,新婚不久发生车祸,丢了一只胳膊,琵琶自然是弹不成了。女婿对女儿虽不离不弃,但女儿一夜之间成了残疾人,做不了自己喜欢的事情,快乐不起来。

老李说儿女连遭厄运,他的老伴儿精神崩溃了,不到六十岁就小脑萎缩,常把他当打短工的,一到晚上就撵他出去，说是干完了活儿，得了工钱，还想睡在人家里不成。只要他在家，老伴儿就无法安睡，所以他只得住在游艇俱乐部。老李说幸好老伴儿认得儿子，不然他还得雇个保姆陪她，又是一笔开销。儿子酗酒，她还知道管，四处藏酒瓶，一见电视画面中出现酒类广告，便会咬牙切齿地关机。她每天必做的一件事，就是从佛龛上取下甲骨，轻轻擦拭，然后抱在怀里，念声阿弥陀佛，再恭恭敬敬地摆回去，这时她面上的神色是安详的。

老李对甲骨收藏有研究，我们从下午三点，不知不觉聊到夕阳尽了，突然发现夜晚的樱花会发光，就像星星一样。

我跟老李讲了家里发生的变故，尤其是父亲嘱咐我寻找的那对碾压甲骨的车轮。老李说旅顺这一带收藏旧器物的人，他大都熟悉，也许能帮我寻到。所以这段时日，我会跟着老李去找车轮。

网约车公司那里我已告假，顺顺你就费心了，冰箱零摄氏度保鲜抽屉中，有我给他买的香草奶酪，但一次不可给他吃那么多，可乐也不宜让他多喝，他今年长肉厉害，快成小胖墩了。还有，尽量让他少打游戏。影楼那里你愿意关一段时间也好，反正生意一般，开比不开也好不到哪里去。当然如果你在家闷得慌，也可开着，挣不挣钱无所谓，起码可以跟贺磊聊聊天，心情好最重要。之所以关掉手机，用邮件与你联系，一是想和老李专心寻找马车轮，可能要去不少地方；二是想清静一下，有进展我会发邮件给你。

　　我身上的钱够用，备用口罩也不少，务请放心，我会照顾好自己。

　　再说一句我是怎么和老李搭上话的吧，昨天风很大，龙王塘等于下了场樱花雨，我见有个老者从怀中取出一片令人眼熟的东西，放在樱花落得最厚的地方，用手机拍照，连忙凑过去看，落樱簇拥的竟是一片甲骨！镌刻在甲骨上的文字看上去活生生的，就像一群闻香而起的蜜蜂。

　　还有老李告诉我，他老伴儿不认他后，他每年都来龙王塘赏樱，只因他们定情于樱花树下。

贵哥

看完李贵的信，我怅然若失良久，这个从天而降的老李什么来头，他是不是骗子呢？

公公服刑后不久，有次李贵探监回来，说他父亲给他讲了一桩家族往事，公公认为自己之所以出事，与祖上赶着马车碾压过甲骨有关。毁了文明的人家，不遭厄运才怪呢。而且祖上万不该又把这对明知中了诅咒的车轮卖给好心人，贻害他人，罪加一等。说是如果能找到当年碾压甲骨的马车轮，供奉起来，消除业障，对摆脱不了马车轮魔咒的人家诚心忏悔，顺顺这辈的李家后人，才会兴旺。

这个故事说起来有点传奇，成了李贵的一块心病。他开网约车去旅顺周边，总要打听马车轮的下落，但毫无线索。他还拜托交际广泛的贺磊帮他留意，贺磊倒是从旧物市场高价买过一只马车轮，但年代和历史都对不上，只好低价退回去。

李贵的祖父李满，宣统年间生人，当年是旅顺一家盐庄的马夫，我曾在李贵家的老相册上，看到过他年轻时的照片。他四方脸，头发浓黑，小眼睛，嘴有点瘪，似乎受了什么冤屈的表情。别看他个子不高，但很壮实，膂力过人。无论冬夏的照片，他都双臂环胸，李贵说祖父这是当马夫养成的习惯，赶马车时，他总是把马鞭插在怀里，说是好的马夫不使鞭子，而能让牲口爬坡时用力，下坡时掌握好平衡。

话说日本战败，苏军进驻旅顺的那年，李满三十多岁，还没成家。盐庄的主人少时家贫，曾经讨饭，受尽白眼，所以一朝翻身，视钱如命，格外吝啬，有月亮的夜晚不许家人点灯，冬天不管多冷，烧炕只是稍微有点热乎气就撤了火。他和儿子吃干饭，老婆和女儿只能喝稀粥。但他对雇用的伙计，舍得让他们敞开怀吃（当然伙食比主人的差一等），因为他知道，没有力气出不了活儿。

盐庄主人的女儿叫巧凤，是家中老大，二十八岁了还没出阁。她一脸麻子不说，脾气还坏，跟谁说话都凶着脸。因为长得丑，她见着镜子就砸，所以盐庄上下，没谁敢把镜子摆在明面，得掖在褥子底下，或是藏在抽屉里，趁她不备偷偷照。说媒的不算少，也有穷汉想娶她，但巧凤却不愿嫁，她心里装着李满。盐庄的人都不敢正眼瞧她，包括她的父母和弟弟，只有这个马夫，敢于笑眯眯地直视她。她发脾气时，李满总是打趣她，说是一个喝稀粥的丫头，哪来那么大的火气。总会把她逗乐。

碾压甲骨的车轮

盐庄主人发现女儿看上了马夫，甚是欢喜，因为李满忠厚能干，父母又不在了，若得个倒插门的女婿，盐庄有了好长工，巧凤也有了归宿，实在是一桩好买卖。主人看穿女儿的心思后，对李满也就比对其他伙计好些。他赶马车通常坐在车上，本来不费鞋，但东家给伙计配鞋子时，单鞋棉鞋总要多给李满一双，虽说那鞋子是半新的。伙计们看得清楚，东家这是想收李满为婿啊。但李满可不想娶巧凤，她那乡间土路似的坑坑洼洼的脸，他虽然敢看，却不想碰，何况巧凤没有女人的温柔劲儿，就是把整座盐庄给他，也无法俘获他的心。

一九四五年八月苏军进驻旅顺后不久，东家腾出盐庄的工具间，给巧凤布置婚房了。他搜罗了一堆废弃家具，请木匠拆了，打箱子柜子。钉子拔后有眼，所以那箱柜的面，也就跟巧凤的脸一样，虫蛀过似的。巧凤嫌工具间不好，说，一个放家把什儿的地方，老鼠常来坐窝，咋能住人？她闹着要把闺房改成婚房。东家自然是不同意，在他看来，李满入赘，能住工具间已是厚待他了。

盐庄的伙计看出李满不想和巧凤成亲，私下给他出主意，说，不行就撂杆子走人吧，凭你这一身的力气，到哪儿不混口饭吃。还有人悄悄告诉他,日本战败后,有些日本男人剖腹自杀,撇下老婆孩子,生活成了问题,有不少愿意就地嫁给中国人,不花一分钱,白捡个洋媳妇。

其实伙计们不说,李满也想逃了。这些年东家变着法儿,没少克扣他的工钱,他想不能亏了自己,得拐走一批好货再远走高飞。

这年初秋机会来了,东家让李满从盐庄仓库装了八百斤细盐,运到黄营子去。这黄营子一直是兵营,清军、俄军、日军都驻扎过,现在日本投降,这里成了苏联士兵的天下。哪个部队不吃盐呢? 所以盐庄没断过与黄营子的生意。

一般重要的交易,东家会押车前往,货到后收取银票。但因他跟李满透露了要收他为婿,李满听后,也没说不,所以东家已把他当自家人看待了。这次黄营子的苏军要细盐要得急,而东家在盐庄要验收一批从庄河运来的粗盐,所以直接派李满去了。

为了不让人对自己起疑心,李满出发前特别刷了鞋子,晾晒在窗台上;他把积蓄缠进腰包前,特别拿出几吊搁在枕头底下,故意跟人说怕路上掉了;他又去灶房跟伙夫说,他回来会晚，又累又饿的，得比平常多给他留口饭。

李满去灶房时，巧凤跟进来了，她见伙夫腿上放着一簸箕高粱米，正埋头拣里面的沙子，就撇着嘴对李满说，见天儿地吃高粱米饭不拉嗓子吗？今儿俺给你押车吧，咱从黄营子回来，不用你掏腰包，俺请你在街上吃鲅鱼馅包子咋样？管饱。李满连说他见着高粱米就像见着亲娘，最得意这口了，再说送完货回来，马也乏了，得先回盐庄喂马。巧凤见鲅鱼馅包子和自己都诱惑不了他，踢着门槛，骂他不识抬举，贱命一条，活该挨踩，噘着嘴走了。

李满出发的时候，是午后三点多，天上乌云密布。巧凤虽然生着气，还是候在马车旁，将一件雨衣扔到他怀里。李满怕她跟车走，连忙许诺回来给她买花生糖，还求她万一下雨了，将他的鞋子拎回屋，不然湫了雨，明天就没干净鞋换了。巧凤"哼"了一声，先数落他就惦记一双破鞋的本事，接着告诉他哪家的花生糖好吃，李满赶紧说，就买这家的，买他两包，让你吃个够！

怕东家假说有事脱离不开，再乔装尾随自己，李满赶着马车从盐庄出来后，还是朝着既定的黄营子方向走，而这得穿越整个城区。

战后街市的店铺，多半还是老样子。除了日式料理店大都黄摊儿了，该卖烟酒糖茶的还卖烟酒糖茶，该卖药的还卖药，该卖海货的还卖海货，该卖寿衣的还卖寿衣，该打铁的还打铁，该唱戏的还唱戏。卤味店依然飘出香味，布匹店的布依然五颜六色，杂耍艺人依然走街串巷讨生活，乞丐也依然向路人伸出黑黢黢的手。只是街上张挂的旗子变了，称霸街市的车辆也重新洗牌了，以前耀武扬威的是日本人的车马，自从苏联士兵进驻旅顺后，他们的坐骑便是街市的王了，鸣笛都带着胜利者的气势，人力车和拉脚的马车都得小心避让着。

李满赶着马车接近新市街的扶桑町时，乌云滚滚的天海中，闪电似银鱼又似烟花，恣意地飞舞和绽放，雷声随之响起。好马对雷电习以为常，权当是天神开路，照走它的。

因为预料有雨，李满早给那批细盐苫了雨布，不然雨水会成了窃贼，让细盐白白流掉。距黄营子七八里有个小村，他的一个同乡在那儿开车马店，李满想先到那儿歇个脚，确认东家没跟着，再将细盐低价私售，开车马店的食盐需求量大，拿到现钱后再奔向远方。

扶桑町一带曾是日本高官住宅区，一座座房屋跟庙宇似的，现在它们的主人已去，这里被征用为苏军军官住宅，包括罗振玉的私宅和"大云书库"。

罗振玉在扶桑町的私宅，是两栋砖木结构的民居——宸翰楼；还有一座三层俄式藏书楼，也就是著名的大云书库，它是读书人津津乐道之地。那时出入这里的人，大都长袍马褂、满腹经纶的模样。

罗振玉清末入京，在学部任职，兼京师大学堂农科监督。辛亥革命后他逃往日本。他在旅顺是个妇孺皆知的人物，这倒不是因为他的学问，而是这个前清遗老，参与溥仪复辟，成为傀儡政府的幕僚，出任伪满洲国监察院院长及后来的满日文化协会会长。

李满认识罗家的一个杂役，他说罗振玉不常回来，但只要他现身旅顺，罗公馆上下，一个个跟避猫鼠似的，大气不敢出，早晚给他请安算是日课。尽管他在日本人聚集区拿下地块，所盖的房子也算洋派，但生活上却固执己见，不许家人用洋火，也不许家人穿洋布衣裳。想来罗振玉在"新京"的日子并不好过，所以回到旅顺和家人说话，一言不合就发脾气。但他对下人不错，遇到有难处的还会搭把手。

罗振玉的闲暇时光，都消磨在所收藏的古物上了，他沉迷于甲骨研究、金石碑刻以及档案史料的整理和勘校，整日勾勾写写、描描画画，故纸堆无疑是他最钟情的暖被子。

关于罗振玉的发达，历来说法不一。他少时家贫，天资聪颖，中年后到上海与人合办杂志，其后致力于收购江浙沪一带出售的古籍字画，得到不少稀有的珍本善本。据说他掘到的第一桶金来自广东盐商孔子第七十代孙孔广陶的岳雪楼藏书，其中不少宋元版本书，大都是皇家刻本、名家校抄本。罗振玉头脑灵活，他将购品反复筛选，一部分永久珍藏，一部分转售，手中有了资金，既可维持家用，又利于市场周转。

罗振玉掘到的第二桶金就是甲骨文了。十九世纪末期，在河南安阳小屯的商代晚期都城和王陵葬区，出土了刻有文字的龟甲骨片，那是当年商王占卜吉凶时，由巫师在龟甲和兽骨上刻下的卜辞，后世的百姓称之为"龙骨"，说这是神奇的药引子，因而流入药铺，潜入京华，逐渐为太医所知。

早期收藏甲骨的国子监祭酒王懿荣，就是因身染疟疾，发现太医开的药方中有一味"龙骨"，而这味药非同寻常，居然刻有文字，与篆文不同，于是潜心收藏和研究。

八国联军入侵北京时，慈禧和光绪逃往西安，王懿荣身为京师团练大臣，率部拒敌失败，悲愤投井自尽，其子不得已变卖家藏偿债。以《老残游记》闻名于世的小说家刘鹗慧眼识珠，购得王懿荣收藏的千余片甲骨卜辞，之后他又多渠道搜集，考证出这些甲骨文是殷人刀刻文字，著有《铁云藏龟》。

而罗振玉第一次见到甲骨文，据说正是在好友刘鹗那里。罗振玉在政治上像是一头钻进了黑烟囱，自甘禁锢和涂黑，但他在文化嗅觉上一直灵敏异常，判断力和鉴赏力超群。他著述丰厚，涉猎广泛，自从见到甲骨文的第一眼起，他就仿佛被勾了魂，爱不释手，不仅派胞弟和妻弟去安阳收集，自己也亲往踏查，主张搜集甲骨时龟甲、兽骨兼收，整理、考释与刊印甲骨研究成果，有《殷虚书契》等相关论著多部。

罗振玉无论走到哪儿，他倾心搜集的文化宝物都如影随形地跟到哪儿。他在旅顺建造的大云书库竣工后，就将在天津法租界贻安堂的藏品搬运到此,包括书画、金石拓本、档案、法帖、铜器、陶器、甲骨等等。他在大连开设了"墨缘堂"书店,自家刊印书刊售卖,不辱斯文,又有进项,两全其美。他对藏品进出得当,掌控有度。

罗振玉绝不会想到,旅顺会是他人生的最后一站,他苦心搜集的毕生珍藏,有一天会遭到哄抢。

而李贵的祖父李满,在那个准备出逃的日子,赶着马车经过扶桑町时,正赶上罗家搬家。

苏军将这一带的房屋征用后,限罗家三日内迁出,说是暂用三个月,必要物品搬出,其余可留原地。

那时罗振玉已去世五年了,居于罗宅的是他的遗孀和儿孙们。罗振玉有个孙子是学医的,懂得防腐术,所以对爷爷的尸体进行了特殊处理,罗振玉得以在家停灵百日,像他活着一样,接受孙男娣女的叩拜。不同以往的是,灵前香烛缭绕,纸钱的灰烬像黑蝴蝶一样飞舞。

罗振玉的葬礼也是风光一时,据说是日本人出动飞机选的水师营西沟村的一处坟茔,前有溪,后有山。出殡那天日伪当局调遣数千人夹道致哀,李满所在的盐庄是灵车所经之地,东家见别的商家都摆路祭,也买了两样便宜点心献殷勤。

李满和伙计们站在盐庄门口看这场大出殡。送殡的队伍簇拥着灵车,大小车辆缓缓伴随,僧道诵经,灵幡飘荡,喇叭声声,不光是送葬的人披麻戴孝,连拉着灵柩的马也披麻挂孝,都成了白马。李满还记得送葬者中有个妇女抱着个三四岁光景的小孩,妇女腰扎孝布,脸上挂着泪痕,小孩戴着孝帽子,美滋滋地吃着裹着砂糖的米果。巧凤站在伙计们中间见这孩子可爱,上前一步,将一块桂花糕递给他,可小孩见到巧凤,如见厉鬼,哇哇大哭。妇女瞅了一眼巧凤,叹息一声,用手抚摸孩子的头,连说孩儿不吓。李满对巧凤说,你把小孩子都给吓哭了!巧凤翻着白眼说,他家死了祖宗,他就该哭!

李满驾驭的马算是他的老伙计了,旅顺的大街小巷,就是蒙起它的眼,它也不会走岔路的。但这天李满赶着车经过扶桑町时,远远看见罗家门前,歪七扭八地停着五六台装载着物品的马车,马车旁还围着一群人。乌云满天,暴雨将至,那一道道白炽的闪电,特别像罗振玉大出殡的那天人们扎着的孝布,也不知天上出了什么丧事——或许为昨夜的流星?

马见前方乱纷纷的，放慢了步子。李满心急，将插在怀中的鞭子扬起，照着它的屁股，狠抽了一鞭子。马一激灵，颠颠跑起来。但经过罗家门口时，还是被一台横在路中央的马车给逼停了。

那台马车装着大大小小的袋子和楠木盒子，它们正被人拽到地上，人们哄抢里面的东西。李满发现除了卷轴字画和书籍，更多的是"哗啦啦"从盒子里掉出来的甲骨。有人吆喝着字画比王八盖子值钱，于是人们都去抢字画。有的字画两三人争夺，到了人手上，丢盔卸甲的，字缺胳膊少腿了，花鸟丢了脑袋或没了枝叶，而画中的山河，没有不破碎的。有的人只抢到画轴，也不舍得扔，说是拿回家当擀面杖使，而抢书的人，嬉笑着说不愁老人卷烟和小孩子揩腚的纸了。

李满见状，心也痒痒，他知道罗家宝贝多，想着既然撞上，合该他发财。他跳下马车，瞅准一个半尺高的青铜物件，一把抓到手。也不知是物件沉重还是紧张过度，李满觉得心脏突突乱跳，胳膊僵直得似乎不会回弯了。

喧嚣的人语中，有人在哭着乞求大家别抢了，看来这是罗家的后人。李满定了定神，先把到手的物件放到马车上，准备再顺走几片甲骨的时候，只觉头晕眼花的，感觉路上的甲骨仿佛复活了，一群王八张牙舞爪地向他聚拢，要用锐利的钳断他手足似的。他抓起一片甲骨的时候，身旁的一个男人龇牙咧嘴地嘲笑他，说，兄弟你拣字多的拿，字少的值个屁呀。李满丢下这片找字多的甲骨的时候，一个炸雷响起，他听见自己的马发出凄厉的嘶鸣，受惊的马才会这样叫，李满胡乱抓起两片甲骨，跌跌撞撞回到马车旁，吃力地攀上马车。他撇下甲骨，颤声喊着"驾——"，可因为现场一片嘈杂，加上他气促，说出的话自己都听不清，马依然是不安地原地踏步。李满只得动用马鞭，但他的手绵软无力，勉强抽了一鞭子，马终于迈步向前了。可就在此时，又一个惊雷响起，这匹马像一座沉寂的火山终于喷发了，疯狂地奔跑起来。

　　惊厥的马通常如洪水般一泻千里，会顺着一条直道奔跑下去，但这马因前方有辆马车堵着，它只能拖着两轮马车，拉磨般原地转圈，但速度如旋风似的，带倒了好几个抢夺文物的人。只听人们惊叫着，马毛了，快跑呀！而那些从楠木盒子里被倒在地上的甲骨，被车轮碾压得"嘎巴"作响。那甲骨上的字先前还活灵活现的，顷刻间四分五裂，化为齑粉。李满头疼欲裂,视线模糊,一阵恶心,只觉鼻腔一阵腥气,四肢像是被小鬼给绑上了,不得舒展。他晕厥在马车上的最后一刻,看见的是马鬃毛扬起后如灰云一样飘拂,听到的是车轮下的甲骨赴汤蹈火般的呐喊声。

事后目睹过罗家文物遭哄抢的老人们回忆,若不叫一匹拉盐的马毛了,撞伤了三个人,冲散了哄抢文物的人,罗振玉的宝贝还不知损失多少呢。听说车老板是一家盐庄的伙计,去黄营子给苏军送盐的。也得亏这匹马毛了,它的主人那天晕厥过去,没法给它指明方向,它在罗家门口团团转圈,碾碎了一堆甲骨后,终于猛醒,撞开堵在前面的马车,呼啸着冲出扶桑町,直奔盐庄,使主人得到及时救治。

李满年纪轻轻突然中风,被他的马拉回盐庄,命运又把他和巧凤联结在一起。而那天惊雷过后,虽然乌云滚滚,但很奇怪,竟没有想象中的暴雨,只是轻描淡写地飘了点雨丝。

未来女婿说瘫就瘫了,一个免费的长工废了,主人气得心口疼,要把李满赶出去,巧凤说那样父亲连牲口都不如了,坚决不肯。反正工具间基本收拾出来,她就将李满安置其中，请郎中诊治。任何年代看病都是烧钱的事儿，巧凤先是花光了李满腰缠的钱，然后把自己微薄的积蓄也搭上了。

李满发病之初昏迷了两天，苏醒后看到巧凤的脸，知道自己转了一圈，最后还是回到盐庄，觉得人生真是凄凉荒诞，绝望地哭了。

李满恢复意识半年后腿脚慢慢听使唤了，能挂拐下地趔趔趄趄地走几步，就是嘴巴还有点歪斜，说话"呜噜呜噜"的，像是一扇漏风的窗。巧凤只得咬着牙变卖首饰，继续给他治疗，盐庄熬草药的气味一直弥漫到次年春天，李满的嘴巴终于像一匹脱缰的野马被拉回来了。

李满度过危险期后，巧凤就赶着马车去运送食盐了。因为父亲时常威胁她，要他们卷起铺盖走人，说不能养个吃闲饭的病秧子。

巧凤精明能干，性子泼辣，很快学会了赶马车，熟悉了旅顺周边的道路，她出入盐场和钱庄，交易未有闪失，不逊李满。半年下来，巧凤的父亲都得龇牙说这闺女顶半个儿。江湖中知道巧凤遭遇的，都给她竖大拇指，说这女车老板重情啊！

那匹马自在罗家门口受惊后,坏脾气仿佛一下子发泄完,变得异常温顺。巧凤为了让它多卖力,夜里总要给它加草料。她对这马万分疼爱,也是因为它把李满又送回自己身边。因为李满昏迷时,她解下他的腰包,发现塞满了钱,明白他这是出逃未遂。李满掖在枕头底下的几吊钱、窗台那双刷了的鞋子,不过是他的障眼法。马拉回了人,却没拉回他的心,这是最让她难过的。不过巧凤不灰心,她知道李满嫌她丑,也讨厌她的臭脾气,既然改不了容貌,脾气总能改的,从此说话温柔了,做事也不跋扈了,盐庄的伙计都说巧凤重新投胎了。

李满发病之初,巧凤为方便照顾,搬来和他同住。她说炕头热乎,利于李满康复,甘愿睡炕梢。虽然有几个夜色温柔的夜晚,她很想钻进李满被窝,哪怕依偎着他哭哭也好,但她忍住了,因为李满看她的目光依然是冷的。

但到了第二年夏天,巧凤发现他眼里泛柔光了,她赶马车回来,李满先前会问,马累坏了吧,给它饮水了吗?后来问的不是马,而是她了,关心她冻没冻着,饿没饿着,受没受人欺负。李满开始给巧凤烧洗脚水,她泡脚时,他就听她讲外面的故事。哪个洗染店偷水让人给逮着了,哪

碾压甲骨的车轮

个药房售假让顾客给砸了招牌,哪个酒馆酒客互殴差点出了人命,哪个产婆接生了个六指婴儿。一个出不了盐庄的人,仿佛被腌成了咸鱼,外面的故事对他来说都是新鲜的。

但巧凤讲得最多的,还是马。这匹马自李满中风后,再出现在街市中,比老虎都威风,见着它的猫狗鸡鸭,莫不落荒而逃。有时狗正撒着欢,回身一看这挂马车来了,吓得一溜烟儿跑掉。鸭子本来有滋有味啄着路边的虫子呢,抬头一望它来了,也哆嗦着后退。不仅动物们畏惧它,六七岁以下的孩子,见着它也怕。小孩子在路边本来玩得好好的,见它过来,丢下玩具撒丫子去找妈妈。其实这马走得有板有眼,绝不会冒犯其他动物和小孩子。因为这,巧凤赶马车,也轻巧不少,不必担心它撞着什么。

李满每次听巧凤讲马的传奇故事,只当她编瞎话安慰自己,仿佛街市为她这个女车老板而设,畅行无阻,无须担忧。但后来看巧凤的表情,不像虚构,所以她再出车回来,他会拄着拐去马房,留意这匹棕栗色的蒙古马的异常之处。

它仍认老主人,李满和它贴脸时,它眼里湿漉漉的。这匹马三岁就归李满役使,十几年过去,一直是驾辕的马,即便谁需要套两匹马拉货,偶尔使它,它也没拉过外套,是匹力大无穷而又从不偷懒的马。它的鬃毛不那么光亮了,牙口也不比从前,吃豆饼时掉渣,咀嚼干草有点费力,但除了衰老,李满实在看不出它有何让人畏惧之处。相反,它目光中平添的哀怨,倒使它没了以前的英气,哪有逼人的地方呢?

但有一天李满终于找到了异常之处,不是在马身上,而是在马拉的车上,具体说就是那对车轮。

东家不管多抠门,在置办马车上是舍得使钱的,他深知一挂好车动力无穷,能带来更大收益。首先是马,得选年轻力壮溜光水滑的;车呢,最重要的是车轮,不然途中出了故障,还得去大车店修,实在不划算。

东家选的马车轮是橡木的,这材质坚实而耐腐,不惧坑洼,减震性能也好。轮毂的方形榫眼,镶嵌着十八根韧性十足的木辐条,像太阳散发的光芒。车轮的木轮圈外包上好的铁,为求坚固,侧面打了两圈蘑菇铜钉,好像这车轮滚着无数金豆子。车行起来,轻巧而稳当,不怕硌着石头,也不怕掉进泥坑。李满赶着马车翻山越岭、爬沟过坎,稳稳当当,从无闪失。

碾压甲骨的车轮

李满是怎么发现马车轮的异常之处的呢？先是听盐庄的伙计说，有时他们起夜，懒得走到茅厕，会就近在马房旁解溲。马在马房，而马车卸载后在马房外面，只要尿水滋在马车轮上，它们仿佛受了羞辱似的，发出咆哮声。李满初始不信，但不是一个伙计嘀咕这事，加上巧凤说街市的家畜和小孩子害怕这匹马，他就留意起马车轮来。

　　那是一个初秋的夜晚，巧凤累了一天睡着了，李满从窗户望见大半个月亮像头迷失的麋鹿，在云彩里没头没脑地进进出出，彩云忽明忽暗的，心有所动，便拄着拐踱出屋子，来到马房。他先给马喂了草，然后出来，解开裤带，对着马车轮撒尿。果然尿水所溅之处，立刻激起响声，像在呜咽着控诉什么，而且马车轮侧面的铜钉，一明一灭的，仿佛魂灵在舞蹈。李满赶紧去马房，提了小半桶清水，清洗了马车轮，然后回到马房，坐在干草堆上，看着微弱的马灯，想着马车轮这是有什么天大的冤屈，竟发如此幽怨之声？后来他想到自己发病的那刻，耳畔轰响着甲骨被碾压的声音，看来冤屈的是甲骨上那些粉身碎骨的字了。因为那次事件后，他养病期间，也听到盐庄的伙计说，哄抢罗家文物后，一些人家遭遇不幸。

有人家觉得甲骨没大用途,当柴来烧,可它们入了灶坑,会像爆竹一样炸响。据说有个主妇用甲骨烧水,铁锅瞬时炸裂,热水喷溅,好端端一张脸给烫伤了。还有的用抢到手的画轴当擀面杖,可是擀出的面条,一根根都淋了血似的,鲜红鲜红的,没谁敢吃。而有的人把抢来的经卷一页页撕下,卷烟抽时,莫不被憋得面色青紫,呼吸困难,烟叶仿佛成了火药。更离奇的是,有的人家抢来铜烛台,只要你点着蜡烛,放别处它勃勃燃烧,可当你把蜡烛坐到这只烛台上,它会哆嗦着灭掉,屡试不爽。家人觉得这是招来了鬼怪,赶紧把它扔了。李满听到铜烛台的传说时,心想这烛台该留着,万一哪儿走水,这灭火神器不就派上用场了吗?

李满当时在罗家门口抢到手的甲骨,早被惊马在回盐庄的路上给颠簸掉了,但青铜物件还在。这件卣是商代的盛酒器具,半尺来高,口小腹大,有盖和提梁。卣身镌刻着花纹和云纹,非常精美。李满治病缺钱时,巧凤曾想卖掉它,但转念一想,李满能回到她身边,马功不可没,青铜卣也护佑了他,一个男人应该有个酒器陪伴,所以把它当护身符,恭敬地摆在桌子一角。但李满不愿看到它,觉

碾压甲骨的车轮

得因为抢夺了罗家宝物，他才招灾。

　　李满发现马车轮有异常响声，坐在干草堆的那个夜晚，下决心联系罗家后人，奉还青铜卣，否则可能摆脱不了命运的诅咒。当他准备回屋的时候，巧凤一觉醒来发现他不在，寻到马房。她穿一件藕荷色半长布衣，微黄的灯影下，像一枝亭亭玉立的莲，脸上的麻点隐然不见，竟泛着蛋清色的明润光泽，令李满怦然心动。当巧凤把手搭在他肩上，问他为啥跑干草上坐着，这是马吃的料，不能抢它的食儿；要是他饿了，她可以生火给他拨拉一碗疙瘩汤。李满终于忍不住，把巧凤抱在怀里。马房成了洞房，干草堆变成婚床，他们圆了房。

　　这之后李满就和巧凤睡一个被窝了。他也很快联系上了他认识的罗振玉家的杂役，托他把青铜卣归还给罗家。这杂役从罗家出来后，在一家车行拉人力车，他满口答应。然而就在他们把青铜卣交给他的第三天，巧凤黄昏赶马车归来，告诉李满她路过这家人力车行，见门口乱纷纷的，一打听，说是有个车夫在一家酒馆门前，载着个喝得烂醉的苏联兵，那人上了车指点不清自己住哪儿，车夫拉着他转了大半个旅顺城，实在没招，把他拉回车行，想等他明白住哪儿再送。谁知那人一到车行竟醒了酒，嫌车夫把他拉这儿来了，一脚踢向他。这车夫也是倒霉，车行门口伫立着一对石狮子，他的头重重撞向其中一只狮子的脑袋，这颗没有思想的石头脑袋，撞坏了七情六欲的人脑袋，车夫的后脑勺就像葫芦开了瓢，裂了道大口子，鲜血横流，人们赶紧将他送医。而仔细打听那车夫，正是他们所托之人。巧凤说，这青铜卣兴许还在车夫手上，没来得及送还罗家，这可咋办，找谁要去？李满叹息着说，人都这样了，还惦记一个盛酒的玩意儿干啥？没准正是它让车夫遭难呢。

　　后来他们打听了，这车夫活了下来，但脑子不好使了，见着驴子叫大爷，瞅着老婆喊树墩，捧着饭碗说茅坑，最可笑的是管椅子叫丈母娘大人，那青铜卣他岂能记得？

　　还是回到李贵祖父的那对马车轮身上吧。李满将他在罗家门口突发疾病与车夫的厄运联系起来，跟巧凤商量想把马车轮烧掉。巧凤说，别说她爹会不同意，她也不答应，买一对上好的马车轮得多少钱？再说这车轮美观耐用，坐着舒坦，办事顺利。李满说它们夜里有响声，还会发光，说明魔鬼附在其上。巧凤听明原委后说，你们往它身上"哗哗"滋尿，就不许它哼哼几声？还有那车轮打了那么多铜钉，别说是夜里，白天也晃人眼呢。

李满也就不提此事了，只是巧凤再赶马车时，他会给马喂点芳香的早熟草或是一角豆饼，这是它最爱的，嘱咐它规矩走路，多卖力气，别把活儿抻到晚上，早干完早回来歇着，在他想来夜晚的马车轮鬼大。

到了一九四六年年底，李满完全康复，他扔掉拐杖，打算过了除夕就接过马鞭，让巧凤留家享享福了。然而腊月二十一，巧凤去牧城驿一家大车店送盐归来，李满惯常抄着袖子在盐庄门口迎候时，感觉这马车有些不对。以往巧凤远远见着他，会快马加鞭，旋风般抵达盐庄。可那天马车就像一只折断翅膀的燕子，扑扇了很久才到。巧凤下马时揞着肚子，都没看李满一眼，先去茅厕了。李满以为她内急，也没在意，赶紧卸下马，将它牵到马房。马喜欢新鲜的水，李满每天都给它换新水。但刚干完活儿的马，不能大量饮水，所以他只给它小半桶。李满将水提给马时，它只是垂着头，对水不闻不碰，李满以为它累了，要喘息一下再喝。李满出了马房，见岳父在院子里跳着脚骂巧凤是个废物、败家子。原来巧凤这次运盐，让三个持枪的土匪，在半道的坟场给劫了，一文钱都没拿回来。李满听后吓得气都喘不匀了，心想幸亏人没事。他跟岳父赔着笑脸，说过了除夕他就出去干活儿，这点损失一定能夺回来。岳父啐他一口，说你他娘的更是个废物，都不值一粒盐，哪个挂卵子的靠娘儿们养活！李满羞愤难当，恨不能撞墙死了。

这天晚上巧凤烧水洗了个澡，把穿出去的衣服又洗干净，没吃饭就上炕了。李满怜爱地问她，这三个土匪长得啥样儿，说了啥话，是不是跟盐庄有过节？巧凤说，你问马就是了。李满说马又不会说话，巧凤叹口气，抱着被子去炕梢睡了。

李满心烦意乱的，夜半来到马房，发现马已饮了水。他对马说，你跟俺说说，抢盐的土匪长啥样儿？马耸了耸身，打个响鼻，踢了他一下。李满拿起马鞭，狠抽了它一鞭子，说，你还有理了，竟敢踢俺！你个笨蛋，去牧城驿究竟走的啥道，让俺媳妇遭劫！为了解气，他又猛抽它两鞭子，走出马房。

李满经过马车轮时，并没往它身上滋尿，可他分明听到它呜呜叫，仿佛深冬的旷野刮起冒烟炮。李满踹了一下

碾压甲骨的车轮

车轮，骂了句"孽障"，下决心尽快处理掉它们。

从这天开始，巧凤似乎赌气似的，不和李满睡一个被窝了。李满想她受了刺激，等她心境平复再说。

未出正月，李满就赶车干活儿去了。他一边物色马车轮的下家，一边跟各大车店主打听，近来流窜的土匪都是哪个绺子的，这些人怎么混账到如此地步，连女人的车都劫？大多的店主会龇牙对他说，土匪还管你是男是女，劫了财没劫色就算烧高香啊，听得李满心里"咯噔咯噔"的，心想幸亏巧凤长得丑，一般男人不会待见她。

转眼出了正月，到了阴历二月，海风不那么硬了。巧凤被土匪打劫后，未踏出盐庄半步。她神思恍惚，食欲不振，时常呕吐，面色青黄。李满忧心，这天赶马回来得早，顺道请了个郎中到家，但巧凤坚决不肯让人把脉，说她的病不碍事，就是受了惊吓，开春会好。

然而未等开春，这天李满运盐回来，有两个伙计在门口张望他，他们不吭气，但那满怀同情的表情，让李满心下一沉，明白巧凤出事了。

原来这天李满前脚走，巧凤后脚就出了盐庄，很快拎回一包草药。巧凤的母亲把心思都放在儿子身上，又嫌女儿死心眼,跟了李满这个连好体格都没有的男人,一直跟她怄气,也不关心她的冷暖。但这天女人闻到工具间蹿出一股又腥又苦的草药味,是令她惊悚的老味道,连忙推门进去。只见巧凤仰面倒在炕梢,身下满是血污,灰着脸,瞪着眼,在捯气了。毕竟巧凤是自己身上掉下的肉,女人见状,撕心裂肺地喊了一声"闺女",攥着巧凤冰凉的手说,你咋喝了堕胎药?这药她熟悉,在巧凤之前,她怀过一胎,诊脉的郎中和有经验的产婆,都说怀的是闺女,盐庄主人想要儿子,所以拎回一包草药让人煎了,勒令她喝下。女人一辈子都忘不了这又腥又苦的味道,差点要了她的命。谁知她流掉的是个男胎,而被认定是儿子的却是个丫头,所以巧凤出生就不受待见。

巧凤见母亲终于为自己落泪,很想说点什么,可她大张着嘴,一个字也吐不出来。最终她拼尽全身力气,挤出的是两行泪。巧凤咽气了,那泪还活着,跌跌撞撞流过她坑洼的脸颊。

事后李满算了下时间,巧凤怀的不是他的孩子,自去牧城驿遭遇土匪后,他们没睡在一起。看来土匪不仅劫财,还劫了色,巧凤这是要除掉孽种,这让他痛心不已,后悔不已，要是自己早接过马鞭，巧凤就不会遭遇不测了。

盐庄主人知道这挂马车自李满中风后就不太平，伙计们议论往马车轮滋尿它会发出响声，他有耳闻，也曾在一个漆黑的夜晚试验过。得到的结果比听到响声更恐怖，尿水竟然回弹，带着金属的质感，像箭一样反射到他身上，疼得他跳脚。现在巧凤死了，他不想这东西留在盐庄，又不想给巧凤出棺材钱，就高调做个顺水人情，说这马车送李满了，他没别的奢求，女儿跟了李满一场，好歹他得给买副棺材。

李满没钱，只得卖马车。相中那对马车轮的人不少，李满想卖给一个跟岳父一样吝啬的主儿，但这样的人是压价高手，所出的钱都换不来一副薄棺，最后只得狠心卖给油坊的卖油郎，他同情李满，出价最高。而李满知道卖油郎心地纯良，父母双亡后，他养着瘸子弟弟，还没娶上媳妇。

葬了巧凤，李满离开盐庄，春天在许家窑村给人烧泥盆，夏天到塔河湾捕鱼，勉强混口饭吃。后来遇见盐庄的老伙计，他说李满走后没几天，马厩突然失火，那匹马被救出来时，已被烧得半死。东家一看马废了，说是它断了气那肉就是死肉了,卖不上价钱,于是亲自上阵,手持刀斧杀它。东家先砍马蹄子,马剧烈呻吟着,疼得眼珠子都要冒出来了。谁知那马蹄子被剁下来后,竟然像颗手榴弹,崩到东家脸上,把他的左眼珠子给打瞎了。而马死后的第七天,盐庄遭到查封,说这里出了女共产党,给共产党的队伍送盐。难道说巧凤加入了共产党?那车在牧城驿遭劫的盐,真实的运往地在何方?她怀的孩子究竟是谁的?李满百思不得其解。

也许是这个传说影响了李满,在国共两党激战的时刻,李满加入东北民主联军,参加了多场战役;其后又成为东北人民解放军战士,在辽东半岛剿匪。李贵说祖父最爱唠叨他打仗时的艰苦,冬天棉鞋里垫了乌拉草,脚还是被冻伤了,天冷得枪栓被冻住拉不开,粮食供给不足时,一天只吃一把炒米。中华人民共和国成立后李满在沈阳一家兵工厂工作,别人给他介绍不少俊俏姑娘他都不打正眼瞧,最终他看上的姑娘,是纺织厂嫁不出去的一个麻脸姑娘。众人不解,但李满很疼这个媳妇,对她言听计从。

说真的,李贵探监归来给我讲马车轮的故事时,我并不相信。一个人跌入人生的谷底,总会寻觅过往生活中所谓的"不祥之兆",给自己命运的败笔找借口。据说李满婚后,曾专程从沈阳到旅顺寻找那个卖油郎。人是找到了,但是座坟墓,卖油郎赶海淹死了。问起他的瘸子弟弟,无人知晓去哪儿了,马车轮自是下落不明。

这对碾压了甲骨的车轮,无论在盐庄还是在油坊,都没给它的主人带来吉祥,这是晚年的李满最为愧疚的,觉得为了巧凤的一副棺材,他害得好人也落入了棺材。

自从收到第一封邮件,连续一周,我每天数次登录邮箱查看,我回复的信却始终呈现未读状态。这令我心慌意乱,将李贵的信转给贺磊,问用不用报案。贺磊看后说等等看,既然李贵是和那个叫老李的去寻找马车轮,应该不会出意外,如果再过一周还无消息,他再陪我去派出所。

三天后的中午,我留的邮件显示"已读",李贵的第二封邮件抵达了。

老婆:

你知道吗,城里的樱花落了,乡下的樱花才开。我在一个村落的老屋前,看见一株老樱花,据说是当年一个日本商人栽种的,有九十年历史了。别看它枝干褶皱多，似乎水分不足了，开出的白色重瓣樱花，却是大朵大团的，那才有气势呢。老屋的主人仗着这棵樱花树，开了农家乐，名字就叫"老樱"。据说好几年前，来老樱的客人很多，假日高峰都得提前预订，现在却是冷清得不能再冷清了。主人开玩笑说，这两年消毒水用得勤，餐饮萧条，村里的卫生倒是好了，苍蝇和老鼠都少了。

老樱的主人五十多岁，人很和善，前些年外出打工，后来为照顾老父亲，不再远行。他的父亲八十八岁了，是老樱的看门人，一肚子的故事。他眼不花、腰不弯、腿脚利落，说话底气足，就是耳朵有点背了。我问他养生秘诀，他说抽黄烟、喝烧酒、睡热炕、听悲戏。我问为啥要听悲戏。他说，你一听人间有那么多叫人落泪的事，就不觉自己是苦命人了，啥日子都能过。他见我和老李戴着口罩，说过去当胡子的干坏事才蒙面。老人原先是西沟村的，他家的邻居竟是罗振玉的看坟人。他说罗振玉死的时候他十来岁，记得隔壁的伯伯除了看坟，还种着罗家坟茔地的庄稼。老人说罗家坟地种出的西瓜特别甜，种出的豆子也香，就是萝卜,也比别人家地里长的脆生。坟后是山,坟前是道沟谷,水很清澈,他小时候和村里的孩子,常去拔了萝卜,到沟里洗了吃。

苏联红军进驻旅顺的第三年春天,罗振玉的墓招来了盗墓贼,他们一定想着他家宝贝多,死时不知带了多少好东西呢。结果坟刨开后,发现棺材被麻布层层包裹着粘在一起,硬如钢铁,难以剥离,只好落荒而逃。盗墓贼不甘心,第三次行盗时,终于把棺材打开了,结果发现罗振玉跟活着一样,穿着长袍,脸面都是好的,像在睡觉,这可把人吓得不轻。据说那棺材里有不少浸润过防腐剂的草,所以他面貌如生。老人说后来听说,其实罗振玉落葬时,陪葬的只有两件东西,嘴里含颗珍珠,怀里揣块怀表。但就是这两样东西,最后也不知所终,因为罗振玉的坟,在二十世纪七十年代初西沟村迁坟时,因联系不到罗家后人,被当作无主坟平掉了。原先墓前的石狮子、供桌等也都被人抬走了。我说看过报道,有农人用罗振玉的棺木,打了长条板凳,还有的做了农具手柄。老人说那是的,有人还用这棺木做了面板呢。可惜罗振玉生前和死后一时风光，却连个骨头渣子都没落下，他说这都是因为罗振玉收藏甲骨，这才命运不济，不得善终。老人撇着嘴，告诉我甲骨邪性，谁沾谁倒霉。

想想还真是啊。记得我跟贺磊喝酒闲谈时，说起收藏甲骨的几大家，数一数，还真的没一个好命的。

王懿荣在八国联军侵占北京时投井自尽；刘鹗遭诬陷，清廷以"私售仓粟"罪将其发配新疆，次年便客死他乡；毛公鼎的原收藏者，也就是袁世凯的亲家端方，和他的弟弟端锦入川镇压保路运动，在资州被起义军所杀，头颅被装入煤油盒子，运抵武昌，鄂军都督黎元洪下令将两颗头颅示众；王国维的投湖自尽更是天下皆知。而罗振玉分别与刘鹗和王国维结成儿女亲家。罗振玉的长女嫁给了刘鹗的四子刘大绅，三女儿则嫁给了王国维的长子王潜明。罗振玉和王国维从至交到离心，除了性格因素和境界不同，与他们的儿女恩怨也不无关系。罗振玉女儿嫁给王潜明，生的两个女儿早夭，跟着丈夫英年早逝，她精神受了刺激，敏感异常，在婆家觉得处处受气，写信跟父亲抱怨，罗振玉一气之下将女儿接回天津，这让王国维觉得无地自容，好像儿子没了，他王家连个儿媳都养不起。王潜明的恤金下来后，王国维要把这笔钱给儿媳，但罗振玉坚辞不要，这深深伤害了王国维的自尊，他忍怒写信申明和恳请，罗振玉才勉强收下这笔钱。关于王国维自沉，广泛的说法是"殉清"，毕竟他遗书中有"五十之年，只欠一死。经此事变，义无再辱"。（贺磊曾跟我说，他读这十六个字，会有听交响乐听到极致乐章的感觉，是那种混沌的悲壮中洋溢着清澈的喜悦之音。我不懂什么音乐，这十六个字于我来说阴风阵阵，读来冷飕飕的。）王国维的死也有其他揣测，其中牵涉罗振玉的就有，说是《殷虚书契考释》是王国维代罗振玉所撰，王国维无论是在上海还是在日本，一直受罗振玉资助，他为报恩，只好拱手让出成果。还有人说罗振玉利用女儿成了寡妇，年年朝王国维家讨要抚恤金，王国维负担不起，走投无路投了湖。其实这些说法，把两位各有建树的学者，都说得不堪了。

　　老婆，收藏甲骨的几大家都是悲剧人生，我家祖上的马车轮碾压甲骨后也成了魔圈，听了老樱看门人的话，我更有不祥之感，觉得父亲入狱，对我们家来说，也许还不算最坏的；我这辈的灾难，可能还未真正降临，我们现在的生活，是暴风雨的前夜。唯愿所有的不好，最终都由我承受，顺顺可以有个美好人生。

我也向老人打听了，是否听说过一对旧式马车轮，夜里会发出响声，他诡秘地说夜里能发声的器物多了，黄鼠狼尾巴扫着水缸，蛤蟆蹦上铁锹，猫挠板凳，水缸、铁锹和板凳也得叫唤几声，这有啥？我觉得他也许知道那对马车轮的下落，打算在老樱住几天，一点一点挖出故事。

不过我们入住有点不太顺利，因为老人发现了老李携带的那片甲骨，他说这容易给他们招灾，但他儿子不信邪，让我们住下来。这是栋二层土楼，我们住在二层的两个把头。我住的东屋窗外，正对着那棵老樱的树冠。那片花儿就像一块质地极好的印花绸缎，铺展在我面前，真想裁了它，给你做件旗袍呢。

顺便也说一下，我和老李发生了小小的不愉快，竟是因为鲁迅。起因是老人的孙子坐在樱花树下，背诵鲁迅的一篇课文。我想起了罗振玉为鲁迅所不齿，说他抢救所谓大内档案，偏将古董卖给外国人，不过是商人的伎俩（原话记忆可能不够准确）。但鲁迅对王国维评价还好，说他虽和罗振玉一个鼻孔出气，但终归是个老实人，在水里将遗老生活结束。我这样跟老李说的时候，老李问我怎么看。我说鲁迅讲得有道理。老李拿出那片甲骨，说鲁迅识得这上面的字吗。我说不知道。老李冷冷地看着我，说罗振玉识得，而且他培养的四个儿子，也都是正人君子，没一个吃闲饭的。还有，没有罗振玉的遗孀识大体，无偿捐赠罗家藏品，旅顺博物馆就会少了一个文化角，大连图书馆也不会因拥有那么多古籍而身价不凡。

为缓和气氛，我去附近加油站给车加完油，特意顺路买了啤酒、鸡爪、明太鱼干和花生米，趁着晚霞满天时，邀他来我房间赏樱喝酒，但老李谢绝了，说，你一人喝吧，我得给老婆打电话。

你信中说如常开着影楼，我还是有点担心。疫情中好心情的人少，万一有客人起刺和找碴儿，你就下楼找贺磊，他为人仗义。顺顺不是不爱荞麦皮枕头嘛，你就帮他换掉吧,一个男孩子枕着不喜欢的东西睡觉,难免做噩梦。我走时忘了带剃须刀,胡子长了,争取回去时变成美髯公啊。

贵哥

　　李贵的第二封信,让我心安又不安。心安的是有了他的音信,不安的是他和老李闹了别扭。老李本来就是个谜团,现在又多了个神秘的老樱看门人,着实让人捉摸不透。还有他预言这辈的灾难也许还未真正降临,更让我忧心忡忡。我们已经如此了,还会更糟糕吗?再有他信里的话,既熟悉又陌生,有些话读起来不像他能说出来的,我不知道他和贺磊交流过音乐。还有他住在老樱农家乐,随时可点新鲜蔬菜呀,为啥要从外面买含了各类添加剂的即食品?要知道他对吃的品质要求,从来没变,一碟咸菜都不能做得马虎。李贵到底在哪儿?

　　我下楼找贺磊,想让他帮我分析一下,但厨子说他外出了。我犹豫了一下,还是给他打了电话。

　　贺磊说他一个朋友的母亲脑溢血去世了,今天出殡,他刚从殡仪馆出来,正准备开车回海鲜小厨。

我说李贵来信了。

贺磊说，太好了，我就说等等看吧。

我问，你知道端方是谁吗？

贺磊说，知道啊，有次我和贵哥喝酒，说起收藏甲骨的大家没一个好命的，其中就谈到了端方。

我长吁一口气，心想李贵所言不虚，可我孤陋寡闻，不知端方何许人也。

我再问他，你知道王国维的遗言吗？

贺磊说，当然了，"五十之年，只欠一死"，我特别喜欢这句话。怎么了？

我说没怎么的，李贵信里提到，我就随便问问。我说虽然他来信了，可还是觉得有点不对劲，电话不开，微信不回，听不到他的声音，只能在邮箱见他的影儿，心里还是发慌。

贺磊说，贵哥性子特，你又不是不知道。你想知道他身居何处也不难，查一下邮箱登录地 IP，就能看出他在哪个地区。

挂掉贺磊电话，我赶紧进邮箱，查询邮箱登录地信息，发现第一封邮件发自大连，说明那时他还未走远，而第二封则来自营口,这么说李贵此刻在营口附近的某个乡村?

我用百度搜索关键词:营口、老樱,期待发现李贵的藏身之处。但蹦出来的词条,多为营口卖樱花苗木的公司,一点线索也没发现。

第三乐章　洞庭街小步舞曲

春花是短命的,桃花、樱花、杏花、蔷薇花、梨花、海棠花,无论在哪儿,也就妖娆一阵子,不出半个月,这晕染着城市的娇嫩颜色,无论桃红、粉白还是鹅黄,就好像被织娘相中了,一丝一缕地抽走,做五彩线了。树上的春花谢了,树下的闪亮登场,牡丹、芍药、百合几乎同声歌唱,萱草、鸢尾花、月季、大丽花次第开放,把春天推到高潮。

李贵走了一个多月了。每隔三五天,他会写封邮件道个平安,或者寄点东西。我从登录地 IP 看出,他最远到过白城。老李依然和他在一起,李贵说他们一边寻找马车轮，一边顺路做点小生意，载个客呀，捎个货呀，把住店的费用也解决了。我嫌他一个电话也不打，顺顺很伤心，说爸爸不要我们了。

我留言后的第三天，李贵给儿子打了电话，那恰是他放学的时候。顺顺说他正出教室，周围乱哄哄的，爸爸的声音听上去不很清楚。李贵嘱咐他努力学习，走路要看着车，不要总喝饮料，要学会喝白水。李贵还问了顺顺，他离开后，妈妈哭没哭过？顺顺说，你又不是死了，妈妈哭啥？李贵听后还笑了。

我说，你咋这么说，爸爸会伤心的。

顺顺说，我没见你哭啊，我又不能撒谎。

我叹口气，追问他爸爸还说啥了。

顺顺说，爸爸还提到贺磊叔叔，问他对咱们好不好。我就告诉他，贺磊叔叔这段经常接我上下学，今天他外出谈生意，这才没来。

李贵便问，那你喜欢贺磊叔叔了？

我说，你咋回答的？

顺顺说，爸爸是自己的，叔叔是别人的，我当然更喜欢爸爸。

东北故事集

我说，爸爸一定很高兴。

顺顺说，没感觉出来，爸爸听完就是"哦"了一声。

我夸顺顺聪明，爸爸不白出去寻找马车轮，未来老李家就指望你了。

顺顺说，爸爸找啥马车轮啊，咱家都有小汽车了，马车轮咋能赛得过，爸爸不是疯了吧？

我赶紧说爸爸寻找的马车轮是李家失传的宝物，值很多钱，能买一套好房子。

顺顺高兴地拍着巴掌说，那就让爸爸快快找到吧，咱家早点换好房子住！

顺顺不喜欢现在住的地方，楼下小街的电器维修铺改成螺蛳粉店后，门店蹿出酸臭的气味，顺顺路过总想吐。还有寿衣行的老师傅，从去年起有点不认人了，没活儿的时候，他爱拿把剪刀，也不戴口罩，吸溜着鼻涕在小街游荡，逢人就说趁着有钱，裁件寿衣备着吧，早晚用得着啊。顺顺有回被他扯了衣袖，回家一夜噩梦，惊叫连连。

我查看顺顺的手机，电话确实是李贵打来的，通话时长三分钟。

自李贵走后，只要贺磊在旅顺，总会帮我接送顺顺，我们的晚饭基本在海鲜小厨吃。

春末的一个正午,贺磊上楼,见没啥生意,要带我去蝴蝶文化园解解闷。算起来这个春天,我还没出去游玩过。我有些犹豫,因为从未跟他单独出去过。

贺磊见状,说要不等到周末吧,带着顺顺一起去。

我说主要是蝴蝶文化园我和李贵去过,我也不喜欢那里的蝴蝶,不管多么斑斓,终究是在牢笼中。

贺磊说那倒是,其实往那个方向,有个杏花村,村里只四十多户人家,杏花开时游人很多,不过现在杏花早落了。

我说杏花村我知道,在松树沟,我和李贵也去过,赶上一场狂风,杏花满天飞,李贵说像飘着纸钱,我还嫌他形容得晦气。

贺磊笑了,说,那要在旅顺找到你和贵哥都没去过的地方,估计很难了。

我想了想,说,我们没去过蛇岛。

贺磊右眼跳了一下,说,小龙山岛啊,我跟朋友们去过。岛上的植被不错,蝮蛇也没有想象的到处都是,你想去的话,我们得提前预约,跟旅行团一起上去。

我说，就因我打小怕蛇，李贵才没敢带我去蛇岛。

贺磊说，贵哥真是疼媳妇啊，等你想好了去哪儿再说吧。

夕阳泛红的日子，通常是空气中有霾，所以我并不喜欢红彤彤的夕阳。如果夕阳是柠檬色的，像个燃烧的火轮，光芒万丈的，说明空气洁净，这时我就很想出去走走。

这天我收到了李贵的邮件，影楼生意也不错，再加上夕阳好，我和顺顺在海鲜小厨吃过石锅拌饭，我把他送回家写作业，便奔向洞庭街，因为李贵在邮件中说，想念和我在洞庭街漫步的日子了。

我和李贵来洞庭街，通常是秋日的黄昏。罗振玉旧居门前有两棵高大的银杏树，据说是他亲手栽种的。那扇面似的叶子一黄，再染上夕照的琼浆，叶子金黄透亮，像是锻造出来的，带着金属的质感。公公在位时，我们捡了落叶，夹在书里当书签；公公服刑后我们也来，不过不捡落叶了，只看建筑。

旧时的洞庭街是别墅区，二十世纪八十年代中期这里整体拆除，那些好看的屋顶和回廊，一夜之间成了梦的花边。新建的居民楼都是板楼，青灰色的一个模式。过去的别墅区大都有防空洞,中华人民共和国成立后被居民当作菜窖。据说在拆除过程中,从废弃的防空洞中,挖出不少咸菜坛子和日本酒壶。

罗振玉的旧居能够保存下来,修缮开放,成为洞庭街的人文景观,得益于这座声名远播的大云书库。据资料记载,当年苏军进驻,大云书库藏品遗失,让身在延安的毛主席痛惜不已,他指示相关人员,要做好抢救工作。

大云书库与罗宅之间有着宽大的庭院,这也是建藏书楼的通常做法,相对独立,利于防火。我和李贵在大云书库开放时,不止一次上去过,李贵慨叹罗振玉要是知道他的藏书会遭厄运,还不得像黛玉葬花一样,葬了那些书。现在疫情期间,加之正在修缮,罗振玉旧居闭馆,锁头把门,只能隔着水泥围墙,看那一扇扇木格子窗。

东北民居的门窗多涂蓝漆,罗振玉旧居和大云书库,门窗就是蓝色的,跟晴空下的渤海一个颜色。窗棂最上一格有装饰物,是联排的三个"×",这否定的符号,像咒语一样嵌在那儿,更像是剑戟横挡,一派肃杀。

我今天的装束是白衬衫、白地紫花棉布短裙、浅米色风衣、白色运动鞋。因为李贵说要留胡子,我也不剪发了,将长发用橡皮筋扎了个高高的马尾,自觉走路都轻盈了许多。

我先是在罗振玉旧居前伫立良久,看着围墙里的银杏树。它依然生机盎然,岁岁吐出新绿。其间有两个外地游客手挽手经过,像是对情侣,女的指着罗振玉旧居的石牌问男的,罗振玉是谁啊?男的停住脚步,滑着手机对女的说,别急,我给你查查看。他很快"哎哟"叫着说,老东西跟溥仪搭过班子,原先家里藏着不少宝贝呢!女的撇着嘴说,溥仪不是末代皇帝吗,跟着他混的哪有好下场?这样的地方晦气,咱可不进。男的说,你想进也没门,没看关着嘛。

望着那对年轻人的背影,我想起对甲骨文无限着迷的丈夫,忽然非常想念他。我掏出手机拨叫李贵,语音提示对方关机,于是发了条微信给他,说我正在洞庭街罗振玉旧居前,银杏树长得跟往年一样好,我想他。

李贵依然是没有回音,这块我投到他情感湖水的石子,一片涟漪都没泛起,这让我隐隐担忧,他是不是厌倦我了呢?以找马车轮为借口,别我而去?与他同行的老李不是男的,而是女的?这样一想,我的好心情立刻被破坏,又给李贵留了语音，说我想看看老李长啥模样，是否面善，别再让人给骗了。

夕阳尽了，半轮莹白的月亮升起来了，像一面帆，航行在天海。我在洞庭街来来回回地走，时不时低头瞄一眼手机，看李贵是否回复我。

散步的人并不多，人们通常把口罩挂在胳膊或是耳根上，就像个招牌，我也顺势摘下口罩。

有个遛狗的男人，也不给爱犬牵绳子，这狗经过我身边骤然停下，伸过头来，撩开裙角，一探究竟的意思。我立定不动，因为遭到狗威胁时，如果你逃，会激起它攻击的欲望，对峙反而能削弱它的意志。

正毛骨悚然间，一辆大吉普飞驰而过，在我身边"嚓——"地急停，一个熟悉的声音传来，兄弟，你家的狗可不能这么爱慕女士吧？贺磊已跳下车来，冲到我面前。

男人连忙呵斥住狗，一脸讪笑地说，对不起，我们楼洞有个密接者，封了一周，今天刚解除隔离，狗狗七天没下楼，我寻思让它撒撒欢，就没给它系绳子，不过它从不咬人的。

狗已回到主人跟前,男人俯下身来,给它拴上链子说,臭儿子怎么这么流氓啊,掀人家裙子干啥?

贺磊上下打量我一眼,说,嫂子今儿可真精神!

我也上下打量他一眼,说,哪有你精神啊。

贺磊身高一米七八,不胖不瘦,天生的衣服架子。他今天穿白衬衫、藏蓝色圆口短夹克、卡其色西裤、黑色牛津鞋,舒适随意,俊朗洒脱,李贵在他面前,注定矮上一截。如果再对比李贵的五官,贺磊棱角分明的脸、剑眉、深邃的眼睛、适中的鼻梁和嘴,甚至是三七分的发型,也都胜他一筹。我在脑海中飞快地将贺磊与李贵做着对比,觉得非常罪过。

贺磊说他去郊区苗木基地了,海鲜小厨门前的槐树去年台风时,不是折断了一棵嘛,他几次打电话给市政部门,也没人来补。门前缺棵树,就像一个人掉了门牙,看着别扭,所以他想补种一棵。但卖树的说栽树通常是秋末和春初,所以他挑选了一棵半人高的盆栽龙柏,明天先运来补缺。

我说龙柏多煞气啊,殡仪馆和墓地才栽这个。

贺磊说,是吗,我还真不懂这个,那我明天赶紧让他们换棵树。你喜欢啥树?

我说要是樱花树就好了,省得李贵年年往龙王塘跑,今年还趁机溜了。

贺磊意味深长地看我一眼,说补种樱花树的话,得等秋末了,再说市政栽种的是一排槐树,挤进一棵樱花树,估计人家也不会同意的。

我说槐树也好,槐花能烙饼吃。

贺磊说,就是,贵哥在时,春天我能沾他的光,吃上嫂子烙的槐花饼,今年这享受没了。

我说从李贵走后,花儿是怎么开的,又是怎么落的,我好像一无所知,今春眼睛里就像没花儿似的。

贺磊说看来贵哥把花儿也给带走了,以后嫂子的眼里就没春天了。

我说哪会呢,贵哥又不是不回来了。

贺磊说那倒是。他问我可否陪我散散步,起码能帮我挡挡掀裙子的狗,这毛手毛脚的家伙太吓人了!

我说,那你去车上取个口罩戴上,我刚才就因为摘了口罩,狗才凑过来。疫情可能让狗以为不戴口罩的人,都是该咬的了。

贺磊见我戴上了口罩，说声好吧，也刚好把车停到位。

我和贺磊开始了在洞庭街的第一次漫步。我们戴着口罩，相当于戴着面具。一开始我刻意快步走在前，他在后一言不发地跟着，后来走到罗振玉旧居前，我们不约而同停下脚步，看路灯下的大云书库，很自然地聊起天来。

贺磊说一九三五年一月溥仪第二次到旅顺，来过罗宅。那时罗振玉重病在床，但罗家上下还是忙年一样，打扫得一尘不染。溥仪抵达时，罗振玉从病榻上艰难爬起，行跪拜礼。所以溥仪在回忆录中对罗振玉出言不逊，引起罗振玉后人的不满。贺磊说其实溥仪大可不必，但凡能拖着长辫子围着溥仪转到底的人，都是忠诚于他的人。

我对贺磊谈的话题并不感兴趣，心里牵挂的还是李贵。我问他李贵和他联系过没有。

贺磊停下脚步看着我，说，要是联系了，我早告诉你了。

我委屈地说，他好歹还给顺顺打了个电话，却不理我。我都怀疑他不是去寻找什么马车轮，没准是看上了哪个女的，寻欢去了。

贺磊说别胡思乱想，贵哥不是这样的人，再说他现在这样，看上他的姑娘也不会多，没这个风险。他就是痴迷甲骨，加上他爸讲过马车轮的故事，为着顺顺这辈未来有个好前程，他才这么着魔的。

我说，他邮件中提到的老李，怎么会陪他这么长时间？人家不是在游艇俱乐部有工作吗？再说他老伴儿痴呆，也需要人照顾。还有那个神秘的老樱看门人，我问他怎么没下文了，他居然说这人死了。你说一个一肚子故事的人，咋这么巧在他们入住后死了？

贺磊摊开手说，老人是熟透的瓜，脆弱得很。一口痰憋着，一口水呛着，一块石头绊着，一棵树撞着脑袋，说没就没了。

我跟贺磊再上路时，就并排走了，不过还隔着一人的距离。我们不再谈李贵，而是聊起几个美食短视频博主，贺磊说每天看他们做菜，都觉得饿。他说海鲜小厨的厨子创新意识不够，拿手菜就那么几样。

我开玩笑说，那我这个摄影师，兼职做海鲜小厨的厨师吧，多打一份工，不是多一份收入嘛，省得贵哥这么辛苦！

贺磊说，我哪请得起你啊。

我们散步到晚上九点一刻，洞庭街的人越来越少了，微风渐起，树叶发出水洗般的声响，凉意袭来。贺磊说他还没吃晚饭，要不一起去消夜。

我说跟顺顺在海鲜小厨吃过了，这么晚了，我得回家了。

贺磊说，好吧，我先送你，再寻个吃东西的地儿。

我建议他回海鲜小厨，让厨子给下碗海鲜汤面。

贺磊说自家餐馆的东西吃腻了，不想动筷子了。

我说男人都这样，总愿找新鲜的吃。

贺磊哈哈大笑着，说嫂子可不敢上纲上线啊，再把贵哥误伤了！

既然他戳穿了我想说的话，我也就没啥忸怩的，说哪个做妻子的，不得绷紧跟小三斗争的这根弦！

贺磊说看来嫂子是真爱贵哥啊。

任何一座海滨城市，最少不了的就是海鲜市场，它是城市味觉的灵魂所在。旅顺这样的市场大大小小有几十个，而我偏爱的是那些流动的海鲜早市，它们在渔港码头的小街陋巷。日出前后，有时几十人，有时三五人，各守着刚从船舱抬出的渔获，未等执法者抵达驱散，那些嗅觉灵敏的老饕和讲究食材品质的餐馆经营者，已完成交易，现场连鱼鳞都不会留下，只飘荡着海鲜味。

我通常是周六的凌晨去城郊的一个小码头，买质优价廉的小海鲜。这个码头在两山夹峙处，风平浪静的，我们叫它七台阶码头，因为从海滩到公路，有七级青灰的水泥台阶。这里渔船少，来的都是老主顾，所以买卖气氛好。有时去得晚，早市就散了。

住在海景别墅时，我买海鲜多去大的批发市场，不必为价格犹豫，鲜活是第一要素，想吃什么就让摊主捞什么。后来我们搬到城郊，就得精打细算了，龙虾、海参、螃蟹、鲍鱼、生蚝之类是海鲜服饰上的华丽流苏，李贵并不钟爱，而我们的日子也镶嵌不起了，所以把目光转向小鱼小虾、蛏子海螺八爪鱼之类，它们经过烹饪，一样大放异彩。

从我们的住所到七台阶码头，要换乘两次公交车，李贵开网约车后，都是他驾车带我去的。车里备有芥末和鱼生酱油，有时见小海鲜新鲜度爆棚，我们就在海边将它们洗了，生食尝鲜。不过不敢耽搁太久，因为顺顺还在睡梦中，得及早赶回去。

我已很久没来七台阶码头了，最近顺顺的各科模拟考试成绩比之前有所提高，所以这个周五的傍晚，我们在海鲜小厨吃虾米萝卜蒸饺时，为奖励他，我说如果他愿意，明天早晨带他去七台阶码头，不过他得起早，而且得倒公交车，有点辛苦。未等顺顺作答，一旁的贺磊听到，说他明天刚好没事，如果我们不嫌弃，他甘当车夫。顺顺本来因为要换乘公交车而犹豫，一听贺磊要去，兴高采烈地说太好了，他正想去七台阶码头瞧瞧，哪条上岸的船能打捞上海妖，那可太牛×了！老师最近给他们讲神话故事，魅惑的海妖在他心底搅起了波澜。

我看着贺磊说，好吧，寻海妖比看蝴蝶有趣得多，那就有劳你了。

顺顺一脸不解，我赶紧解释说原打算带他去看蝴蝶的。顺顺"嗐"了一声，说，蝴蝶是岸上的，哪有海妖吸引人？

但我们的计划被天气给算计了。次日晨贺磊来接我们时，天已阴了，而接近七台阶码头时，先前还若隐若现的太阳全然不见了，雨来了。我懊恼地说查下天气预报就好了，贺磊说没关系，要是没人出摊儿，我们就去盐场海鲜市场或是龙王塘渔港。

顺顺坐在副驾驶的位子，老远就发现七台阶的海鲜小市场有摊贩。待到了近前,他报出了出摊儿的人数,说有四个呢,一个披着雨衣,两个打伞,另个光着脑袋,看来雨也不大。顾客呢,只有一人,是个戴棒球帽的黑衣男子,他两手各拎一个天蓝色塑料桶,看来是个大主顾。

贺磊停好车,为难地说后备箱只有一把伞。顺顺说,我光脑袋就行,这点雨不算啥,你和妈妈打伞吧。但他很快意识到不能让我和贺磊用一把伞,立刻改口说,我先打伞把妈妈送过去,等妈妈买完回车里,再接贺磊叔叔过去。

贺磊不无尴尬地笑了,说他本来就是当车夫的,又不买海货,他在车里等。他下车打开后备箱,取出一把蓝格子伞递给我。

顺顺的身高过我腰了,我一手撑伞,一手揽着顺顺向小市场走去的时候,觉得身边有个儿子,是那么的踏实。

顺顺在一个摊贩的水桶中,发现了手舞足蹈的八爪鱼,他爱吃这个,口味上他喜欢麻辣的,我和李贵则钟情原味的,只用开水稍微烫一下,淋少许酱油。我目测那些八爪鱼,也就六七斤的样子,想着包圆了,一半给贺磊,一半带回家。我询好价格,摊贩过秤时,包里的手机响了,我将伞递给顺顺,掏出一看,是我日思夜盼的人打来的!

李贵说老婆大人好哇,这是他当着外人面,跟我开玩笑时惯用的称呼。

也许线路不好,那声音有点沙沙的,熟悉又陌生。我半是撒娇半是恼怒地说,我好个屁呀,简直是糟透了！贵哥你个没良心的,咋还不死回来呢,我的头发都留长了！

李贵压低声说碾压甲骨的马车轮有线索了,他就快回了。未等我说话,他接着问顺顺咋样。

我说,他最近功课有进步,现正领着他在七台阶小市场买八爪鱼,你能听见旅顺在下雨吗?

李贵含糊地"嗯"了一声。

顺顺听到我是和李贵通话,顾不得八爪鱼了,他抢过手机问,爸爸你在哪儿,你看没看到过海妖?

李贵怎么回答的我不清楚,但看顺顺的表情很失落,他很快把手机还给我,说爸爸挂了,他在加油站,准备上路了。

我呵斥他不能说爸爸挂了,多不吉利啊,得说爸爸把电话挂了。

顺顺辩解道,老师说造句能表达清楚意思,越省略越好。

我追问他爸爸还说了什么。

顺顺说，爸爸说妈妈就是海妖，要不留长发干啥。

我咆哮着说我要是海妖，他还跑得出我手心吗！

就是在淅淅沥沥的雨中，我领着儿子站在七台阶码头海鲜小市场，一个瞬间，委屈爆发了，我凭什么忍受一个怪癖丈夫无休止的折磨？他说走就走，来个电话三言两语就挂，我和儿子在他心目中还有没有位置？什么中了诅咒的马车轮，这不过是逃避生活和追逐个人欢乐的托词，让这一切见鬼去吧。

我打开微信支付，将八爪鱼扫荡一空，还买了七斤梭子蟹。两个商贩高兴地提着桶帮我送到车上时，贺磊下来搭手，直呼，你可真是大手笔啊，怎么买这么多，吃得了吗？

我赌气地说吃得了，嘴巴吃不完，就用鼻子吃！

贺磊看出我生气了，没再搭腔。

这天我成了海鲜小厨的厨娘，将八爪鱼做了五吃：生食蘸芥末、焯水拌韭菜、炭烤、和螺丝椒爆炒、和豆腐丝搭档做汤。我又将看上去不可一世的梭子蟹断肢解体，将它们放入一个大坛子中，用黄酒和酱油生腌，想着贺磊喜欢辣味，多放了姜丝、辣椒和蒜，留待半个月后开启。海鲜小厨客人不多，我、贺磊和顺顺占据着靠东窗的那桌，享用着五种吃法的八爪鱼。贺磊把李贵失踪那天备下的三十年陈酿花雕开了，这酒真是醇厚，香气绵绵。

我告诉贺磊，李贵给我打电话了，因为在小市场，又下着雨，听得不很真切，没说几句他就挂了电话。

贺磊一边给我倒酒一边说，我看出嫂子不开心了，但没敢问为什么。

顺顺对贺磊说，妈妈嫌爸爸打电话时间短了，还嫌他管她叫海妖。

贺磊说海妖的意象很美，可别往坏处联想啊。

我白了顺顺一眼说，你怎么知道我不愿意做海妖？我要是海妖，就把海里那些干肮脏勾当的船，全都掀翻，一条不剩！

贺磊笑着揶揄我，那得给你穿个法袍！

天晴了，听得见窗外树上的鸟儿喳喳叫，阳光梳理了它们的羽毛，鸟儿就格外欢欣。用过餐后，贺磊说去看望哥哥，我见影楼没生意做，就唤顺顺看店，自己跑到后街的发廊，将头发剪短，心想去他妈的海妖吧。

我和贺磊第二次在洞庭街漫步,依然是黄昏时分,这已是夏初,不必穿风衣了。

这次我们不是遇见,是我约的他。

在这之前的两天,贺磊没有现身海鲜小厨,我还以为他去外地了。问楼下的厨子,他说贺磊胃肠感冒,在家休养呢。我问是不是吃了不新鲜的食物。厨子说,还不是你腌的那坛梭子蟹,老板等不及,前天晚上尝了一点,说太美味了,一时没管住嘴,吃了小半坛,当晚就上吐下泻的。

我说这个急嘴子,没腌到时候的梭子蟹,吃了伤脾胃。

我给贺磊打电话慰问时,他说没啥事了,正打算出去转转呢,我说那我陪他。

贺磊问去哪儿。

我说就洞庭街吧,罗振玉旧居前。

我比贺磊早到半小时,特别用保温杯给他带了亲手煮的姜茶。贺磊穿藏蓝色修身运动裤、白色棉质短袖T恤,瘦了一大圈,眼窝深陷,更挺拔了。我穿着李贵寄来的月白色绣花衬衫,配一条黑色牛仔裤。

贺磊说衬衫真好看啊。

我说这是贵哥寄来的,他还给顺顺寄了双顺顺一直想要的旅游鞋呢，看来他手头还宽裕。

贺磊说贵哥审美不错。

他接过保温杯，摘下口罩啜饮姜茶，仔细咂摸，赞叹好喝，说里面加了桂花，又将口罩戴回去。

我说，你的舌头可真灵敏，怕老姜辛辣呛着你，我用的仔姜，然后加了桂花蜜。

我们沿着洞庭街开始了第二次漫步，虽不是肩并肩，但很自然地靠近了些。贺磊说他最近从一个民间收藏家手里，买了一幅罗振玉晚年的甲骨文书法作品，从纸张的年代、墨色，尤其那起笔多圆、收笔多尖的风格，专家鉴定是真品。我很想问他花多少钱买的，要是转手卖掉能赚多少，但怕贺磊认为我庸俗，所以只说能买得起艺术品的人，让人羡慕。

贺磊说其实也没花多少钱，碰到宝主急用钱，所以也算捡个便宜。

我说，啥时我也欣赏一下？

贺磊说，随时，等你哪天想看，我带你去家里欣赏。

我从未去过贺磊家，李贵倒是常客，我知道他家住在新城大街的新加坡花园小区，离龙引泉森林公园很近。据说是个小高层的顶层，视野好，宽大的阳台改造成了小花园，摆着藤椅和茶桌，绿萝架下满是花草，生机盎然，温馨别致。

我说好吧，等贵哥回来带我去。

贺磊说，贵哥看过，我和他一起去过这户人家，那时人家出价太高。

我说，你和贵哥还有多少我不知道的秘密？

贺磊故意说男人嘛，总得有点秘密。

我说那他就永远别回来！说完这句话，一只鸟飞过我们头顶时作祟，"啪"的一声，鸟粪正落在我左肩上。

贺磊连忙掏出消毒纸巾帮我清理鸟粪，说，看来鸟儿是嫌你肩上缺花儿，给你镶一朵。他靠近我，擦得很仔细、很温柔。虽然隔着口罩，但听得见他的呼吸，那有别于晚风的丝丝热气在耳畔缭绕，格外温存，让我心底泛起一股说不清的情愫。

贺磊把弄污的纸巾投进垃圾桶后，一辆转运车呼啸而过，我们下意识地捏了捏口罩的鼻夹。

贺磊说如今国外兴起了一门生意，就是经营末日城堡，售价不菲，趋之者若鹜。

我说洞庭街原来也有防空洞的，相当于末日城堡，可惜城市改造中都填平了。

贺磊说其实真正的末日来临时，再坚固的城堡也无济于事。而且如果幸存下来，面对一个满目疮痍的世界，孤独和绝望，也会把人静悄悄地杀死。

我们由末日城堡，聊到楼市的萧条，不知不觉在洞庭街走了一个来回，再到罗振玉旧居前，我们停下脚步，看路灯下的银杏树。

我告诉贺磊，李贵说他祖父当年赶着马车经过这里，正赶上罗家搬家，市民哄抢文物，所以也跟着抢，故从此遭受厄运。但我看过有人撰写的回忆文章，说的是苏联红军征用罗宅后，把那些古籍、金石碑刻、甲骨、古董和字画当成破烂儿，扔到街上，这才造成哄抢。我说苏军当垃圾扔掉的东西遭哄抢，与罗家搬家时，人们生生从马车上打劫文物，性质不同，后一种想想是恐怖的、非人性的。

贺磊说当物品的金钱价值发光时，遇见的人不发疯也难。他这话让我吃惊，兴致顿无，我说，你胃肠感冒刚好，赶紧回家喝姜茶吧。

贺磊略觉意外，说，那先送你回去。

我说不用，我还想再走走。

贺磊说好吧，刚好今晚有个网课讲王尔德的戏剧，他回家听课。

我说，保温杯你留着用吧，不必还我了。

贺磊说那得把它供起来。

我笑笑，说一万年后它就是文物。

贺磊走后，我随即回家了。顺顺问我去哪儿了，我说去洞庭街了。顺顺说那条破街有啥，野猫都不爱去，接着追动画片去了。

我打开电脑，登录邮箱，给李贵留了一封邮件。

老公：

  今天晚上我去洞庭街了，在罗振玉旧居前，看着冷冰冰的电线杆，看着木呆呆的银杏树，想着你不知身在何方、和谁说着话、与谁看风景，心里很伤感。你不想我的话，难道也不想我做的饭吗？你再不回来，我怕是要生锈了。

老婆

两天后，李贵回复了一封长长的邮件，登录地显示辽阳。

老婆：

　　你是一个人去的洞庭街吗？这条街夜里僻静，要注意安全，贺磊不忙的话，可让他陪陪你。

　　我现在在辽阳，听说五十公里外的一个乡，有个叫赵林琼的老人，经营一个苹果园。赵家有一只与众不同的马车轮，说是父辈传下来的，它仿佛长了脚，自己能挪窝。过去村里人常看见，这只马车轮无人驾驭，晚上独自出行。有时它贴着墙边小心翼翼地走，有时则像老爷似的大摇大摆地在路中央晃荡。赵林琼早晨醒来，只要听见有人拍门，就知这只马车轮又出去闯祸了。它不是掀翻人家的水缸，就是碰断人家的门柱，弄得鸡飞狗跳的，赵林琼只得赔人家水缸，给人修门斗。你可能要问了，这马车轮这么作，把它烧了不就是了？赵林琼不是没动过这心思，可是火堆刚点起来，没等把马车轮放上去，火星就像礼花一样绽放，崩到他头上、身上和鞋上。他的头发成了炭灰，散发着煳味；衣袍被烧出一堆窟窿，像是撒了一身的纸钱；鞋子被烧成了凉鞋，四处漏风。将它五花大绑吧，它能神不知鬼不觉地挣断绳索；而把它远远地抛弃在荒山野岭，它又记得回家的路，总会顽强地骨碌回来。

这只马车轮据说是赵林琼的父亲留下的唯一遗产。他的父亲原本是孤儿，后来被个宦官收养。大清亡了，宦官四散，他们在宫里待久了，即便是下人，也衣食无忧，而且作为特殊的一类人，在宫里不属小众，常又是得宠的一方，所以一旦沦落民间，心理落差很大。这个宦官跟我祖上一样，是个马夫，对马比对人有感情，所以他出宫后用积攒的钱，买了车马拉脚过活。想到自己无后，就收养了个孤儿。每隔五六年，他会换辆马车，直到孩子成人，他也慢慢老去。

一九四八年宦官七十六岁，他抚养的孩子早已是远近闻名的马车夫，娶了老婆，生下赵林琼，过着踏实的小日子。宦官有一天坐着人力车去赶集，相中一副旧马车轮，卖主说只要他能拿得走它们，就是缘分，不给钱都行。因为但凡相中这马车轮的人，谈好价后，根本搬不动，它们就像两座沉重的山。宦官虽然力气不比年轻时了，但心想一对马车轮也没多少斤两，拎走何难。他腾出手，轻轻一拈，那马车轮就"腾"地起来了，几乎是有点欢欣鼓舞地跟着他走了。卖主和围观者目瞪口呆，因为这马车轮在宦官手里，竟轻如鸿毛。宦官也讲究，给卖主留了钱，带着马车轮回家了。赵林琼的父亲嫌他花冤枉钱买了旧货，用不了两年就会糟烂，白瞎钱了，但宦官说，你懂个屁，这马车轮的铜钉见我直眨眼，身世不凡，保你发财！

宦官换上马车轮的当天，赶着马得意地试车，走到一个路口时，刚好遇见一个五岁男童，扯着一辆王八盖子小车横穿过来。这马车避让完孩子，又避让小车，慌乱中掉进路边沟渠，马车侧翻，宦官一命呜呼。

你猜得出来吧，这要命的王八盖子小车，其实是一辆甲骨小车。这片形态完好的甲骨，据说是孩子的爸爸在旅顺罗振玉家门口捡到的。估计那天哄抢罗家宝贝时，孩子的爸爸刚好路过。他见这片甲骨好看，就穿了三个眼，给它安上两个木轱辘，再拴上一条细麻绳，给心爱的儿子做了辆甲骨小车玩具。

宦官死了，最奇的是这个拉着甲骨小车的孩子，受了惊吓，高烧说胡话，三天后也死了。赵林琼的父亲知道马车轮来者不善，为保家人平安，赶紧将其卸下，想着不能让它们再祸害人，烧了算了。

他用干枯的柳枝和麦秸，攒了个火堆，点起火来，让它们奔赴火海。但这马车轮遇见火舌竟像飞轮一样腾空旋转，带着火焰的金红花边，像两朵怒放的金花！等火堆化为灰烬，马车轮就像擦掉自身的口红似的，隐去火痕，直立着落在地上，身上一个伤疤不见，还是初来赵家的模样。

赵林琼的父亲明白赶不走它们，只得留下，也不将它们当车轮使，放在仓房，上了锁头，想着别出去闯祸就是。但事实证明，他的想法太天真了，这对马车轮可以穿墙破壁，夜游神似的东游西逛。赵家无奈，权当养了个忤逆之子，认命就是。邻人知道这马车轮邪性，倒也没人敢惹赵家。

马车轮到了赵林琼手上，脾性不改。赵林琼娶妻生子，年纪渐长，可它们却还像顽皮的少年。别人家的果园到了收获时节，都得专人看护，赵家的不用，马车轮就是守卫，外人进不了果园。而且他家的果园不招飞鸟和害虫，省下农药，成了远近闻名的有机果园，年年丰收，供不应求。但赵林琼卖果子得来的钱，有不少得撒在马车轮身上，它们惹祸，他就得给它们擦屁股。虽然如此，苹果园还是有赚头，所以赵林琼把它们当作苹果园的门神，放在大门的一左一右。

老李的老伴儿前几天走失了，说是出去倒垃圾，人就不见了。老李回去寻她了。他走得急，那片甲骨落在旅馆的枕头旁了。我想祖上的马车轮碾压过甲骨，我手中又有老李这片甲骨，也许我不找马车轮，它们也会找我呢。如果见到它们，我会跟赵林琼商量买下一只，这样我离回家就不远了。

我想你读到此，一定以为这都是传说。但传说往往是真相的根芽，祝福我吧。

再跟你唠叨几句贺磊吧，他祖上的故事你可能不知道，也是一肚子的辛酸。日本占领旅顺口后，在三涧堡修筑土城子机场，抓了大量中国劳工，贺磊的祖父就在其中。工事完成，劳工们被残忍地杀掉，埋在东泥河村的山坡下。贺磊的祖父没有死透，一场大雨冲垮了山坡，掩埋的尸体浮现，他得以从乱尸堆中艰难爬出来。他人活了下来,但至此落下毛病,见不得黑,晚上睡觉都得点着灯,而且总觉憋气,体质虚弱,五十岁才和个寡妇成亲,五十三岁生下儿子。贺磊的父亲与他祖父恰好相反,他自幼怕亮,总喜欢躲在暗处,见光就流泪,所以你现在明白,为啥贺磊的父亲是个挖煤的,他爱待在地下。贺磊和他哥哥,给父亲买的房子都是朝北的,就是这样,老人家晚年时也嫌屋子太亮,白天得拉着厚窗帘。

贺磊祖父怕黑,属于创伤后的心理反应,但贺磊父亲怕光明,应该是怪癖。贺磊跟我说,他在心理上是个矛盾的人,有时像祖父那样怕黑,有时又像父亲那样怕光,他的情绪因而起伏不定。我之所以告诉你这些,就是希望万一他哪句话伤着你,不要计较,每个人活得都不容易。

这两天刷到一款孩子们喜欢的遮阳帽,我给顺顺下单了一顶,选了米白色,估计过两天能收到。我身体都好,钱够用,勿念。

贵哥

李贵描绘的马车轮，充满了魔幻色彩，看得人心旌摇荡，我想这若真是李贵祖父碾压过甲骨的马车轮，他能带回一只，我们不用干别的，只拍关于它的短视频，放到各个网络平台，就得赚疯。你想想吧，在昏暗的路灯下，一只马车轮无人驱使地穿街走巷，该是多么劲爆的画面啊。它也许像灵巧的羚羊，蹦跳着来到夜市的海鲜大排档，伸出看不见的手，跟人一样举起酒杯；也许像莽撞的驴子，闷着头撞翻海岸的警戒护栏，在月下畅快地洗个海水澡；也许像温顺的绵羊，缓缓漫步在洞庭街罗振玉旧居前，满怀忧伤地回忆往事。哪种穿越小说，抵得过现实版的它呢？可理智告诉我，世上不会有这样一只马车轮。

　　我再次怀疑丈夫的精神出了问题，正想找贺磊商量一下，是否该去寻找李贵，贺磊转来李贵发给他的两条微信。一条是文字：顺顺妈再去洞庭街时，你要是不忙的话，请代我陪陪她，晚上她一个人走我不放心。碾压甲骨的马车轮有眉目了，我正奔向目的地。万一这车轮鬼大，我带它回来的路上出了意外，贺磊，你可得帮我照看家啊。另一条是一个集市的照片，那里堆着不少旧时代的马车轮，在我看来全都糟烂不堪，看不出哪只有灵魂。照片左下角，现出一只白皙细长的手,涂着粉红色的指甲油,这手毫无疑问是女人的,它保养得那么好,不像是集市摊主的,难道是与李贵同行的女人的手?

这只手像一只扎向我心脏的铁锚,令我不安和疼痛。我拨打李贵的手机,仍是关机,想着他可能正和一个女子耳鬓厮磨,我妒火中烧,赌气地给贺磊打了电话,说,收到你转来的李贵的微信了,我正想晚上去洞庭街转转,愿意陪我吗?

贺磊说贵哥都发令了,再说谁不愿意给美女当骑士呢。

我说好吧,晚上八点,老地方见。这时我听见听筒传来"请您交费五十八元"的声音,我问贺磊这是在哪儿。

贺磊说在沈海高速上,三个小时后到旅顺,准时赴约。

我没问贺磊去哪儿了,因为自己的男人去哪儿我都一头雾水,别的男人去哪儿又与我何干。

从这天开始,我和贺磊几乎每隔两三天,都要在洞庭街漫步,从黄昏到夜深,总有说不完的话,星星都听得耳朵要长茧子了,我们却不知疲倦。从刚开始拉开一段距离到肩并肩,再到摘下口罩手挽手、感受对方的体温和呼吸,仅用了半个月时间。入夏后的一个阴冷雨夜,在罗振玉旧居前，贺磊说，天太冷了，到我那儿喝杯热茶吧。

我第一次到了他家。

贺磊早已布置好了床。柔和的灯影下，那米白色的水波纹印花棉布床单，就像月下泛着微光的河流，激起人畅游的欲望。枕畔是一束用黄丝带扎起的香槟玫瑰，是我钟爱的花儿。我们没脱衣服，战战兢兢地拥抱着躺倒在床，仿佛两条穿越了惊涛骇浪幸存下来的鱼。贺磊剧烈喘息着，很激动的样子，但他只是吻了下我的额头，就起身坐在床畔的胡桃木椅子上，点燃一支烟，边抽边说，我看着你就好，你真像一条鱼！

我想他心里还是忌惮李贵吧，毕竟他们是好友。那个瞬间，委屈和羞耻像两条皮鞭抽打我的心，令我泪流。贺磊调侃说鱼的泪不是泪，是河流和大海的一分子。他俯身吻去我的泪痕，但也仅此而已。

从这天开始，我权当李贵带着涂着粉红指甲的女子远走天涯，不再盼望他的邮件和电话，也不盼望他寄来东西，因为东西也是消息。

顺顺见我回家越来越晚，问我为啥晚上老是出去。我不敢看他清澈的眼睛，把目光放在他脖颈上，心虚地说去找他爸爸。

顺顺脖颈的青筋跳了一下，说我找不着他爸爸，别再把自己弄丢了。

我说不会的，妈妈永远记得回家的路。

整个夏天，我和贺磊厮混在一起，他永远只是让我平躺在床上，至多在我额头轻轻一吻，然后坐在床畔的胡桃木椅子上，一边吸烟一边和我聊天。顺顺上课时，他若是见我没生意做，就开车带我出去。有时看山看海，有时去旅顺博物馆，看罗振玉的藏品或是出土于新疆吐鲁番的木乃伊。

李贵陪我去博物馆时，从来不看木乃伊，他说死了一千三百多年的人，还没成为黄土的一部分，是他们的不幸。而贺磊则对这一男一女木乃伊无比痴迷，说他们是迷离绚丽的彼岸花。他还写了关于他们复活的故事，因为玄奘西天取经时路过木乃伊的出土地高昌国，所以故事中玄奘也出场了。但更多的时候，我和贺磊还是喜欢在洞庭街漫步。

海鲜小厨的厨子是个六十多岁的鳏夫，说话直筒子，有次见我和贺磊一起回来，说你们又碰上了。

贺磊说是的，旅顺又不大。

厨子认真起来，说旅顺不大的话，当年日俄在这儿争个屁呀。

我建议贺磊把厨子辞了，说他内心一定清楚我和他不清楚的关系了，万一李贵回来，他透露给他，凶多吉少。

贺磊说不必辞他，这种人为了糊口，挣钱是第一位的；再说聪明人不会对自己的雇主这么发问，可见他并不聪明。雇个干活儿实在又不聪明的人，太安全和划算了。

我由此试探着问贺磊，李贵回来后，我们就不要这样了吧？

贺磊定定地看着我，低声说，你厌倦这样了。

我干脆挑明了说，我是有夫之妇，这是不名誉的。

贺磊意味深长地说，那就看他回不回得来了。

这话让我心里发毛，一阵寒冷。

初秋的一个礼拜天早晨，我吃过饭，正准备带顺顺去影楼，门铃响了，开门一看，竟是父亲！他退休后到一家物业公司应聘，依然做管道维修工，所以身上摆脱不掉那股酸臭气息。

父亲还是穿着蓝布工装，挎着绿书包，懒汉鞋上污渍斑斑。两年不见,他老了许多,头发花白,瘦削不堪,脸上的褶皱刀刻似的。他见了我,眼里泛着泪花,声音嘶哑地说,孩子别怕,有爸在呢。这与公公出事那年所说的话一模一样,难道家里又摊上事了?

顺顺见姥爷来了,兴高采烈地奔过来,父亲搂着顺顺说别怕,姥爷在呢。

原来昨天傍晚,父亲接到李贵电话,说他胰腺癌晚期已半年了,不想拖累我和孩子,所以赏过今春的樱花,他去寻找对李家来说至关重要的马车轮,现已找到,他的生命也快到终点了。他跟父亲说不想死在旅顺,老婆孩子会受不了。他也不想要坟墓,说罗振玉就是个例子,那么显赫的人,最终坟都没了。他会死得静悄悄,谁也别指望找到尸骨。李贵还让父亲劝我改嫁,顺顺可随着我嫁的人姓。父亲哭得稀里哗啦,说,你咋这么个命呢,自从嫁到李家,没过几天好日子! 在他眼里,我已是寡妇了。

父亲怕我不信,掏出手机,点出昨晚与李贵的通话记录,显示时长四分十五秒。父亲说李贵打电话时可能正驾车行驶在高速路上,估计他还摇下了车窗,所以风灌进来,话筒里传来呼呼的风声,他的声音听上去比平素低沉。

听完父亲的话，顺顺说，姥爷你胡说，爸爸不会死的，爸爸可能吃呢！我同学马萧他爸是肿瘤专家，马萧他爸说过，得癌的前兆是不爱吃东西了。爸爸离开家的前一晚，我半夜打游戏，饿了，溜到厨房想搞点吃的。你们能想到吗，爸爸开着小灯，偷偷烤比萨呢。爸爸叫我小声点，不要吵醒妈妈。我们吃完香喷喷的比萨，爸爸又煎了两个溏心蛋，一人吃一个，这才睡觉。爸爸这饭量，怎么会得癌症呢？

我心想怪不得我放在冰箱的比萨少过几次，原来夜里有馋猫啊。

父亲对顺顺说，你是小孩子，不知道有人临死前特别能吃，不是他自己想吃，是他身上缠着的鬼替他吃，因为阳间的饭不多了。

顺顺说，我不是和鬼吃饭，是和爸爸！

父亲又问李贵找马车轮是咋回事。

我心乱如麻，哪有心情跟他解释，这时婆婆的电话进来了。自她去乡下，从不主动与我们联系，李贵一说去看她，她就说他有那闲工夫，喝杯茶读本书不好吗。每年除夕我打电话拜年，她都爱理不睬的，敷衍两句就挂了。

碾压甲骨的车轮

婆婆对我说，刚才李贵给她发短信，说他胰腺癌晚期，无法给她养老送终了，她想问问李贵在哪儿。

我说不知道，他出去找马车轮，已经半年了，其间一直有家信，但没说过得了癌症。

婆婆嘟囔一句找什么马车轮，然后以毋庸置疑的口吻说，李贵死了你若改嫁，就把李顺送我这儿吧，将来我送他读佛学院。

我吓得赶紧说，别说李贵还活着，就是他真的死了，我也不会改嫁，我会永远带着顺顺！

公公踏入牢门后，婆婆爱给李贵灌输，说男孩子的理想归宿是出家。《红楼梦》中的贾宝玉，这种大户人家的孩子，最终不也踏上这条路吗？

父亲一旁听了，像受伤的野兽一样咆哮道，老的死了，还想搭上个小的，这不是逼我闺女疯吗？

从这天开始，李贵不再跟亲人联系。

贺磊说他也再没收到李贵的任何讯息。

银杏叶被风勾了魂，迷离地落地之时，一个快递抵达家门，是个硕大纸箱，拆开层层包装，一只陈旧的马车轮幽幽现身。

快递单显示的发件人是李贵,发件地在辽阳。

这只马车轮风尘满面的,就像缩微了的罗马斗兽场,豪情与鲜血激荡,欢笑与眼泪同在。

第四乐章　马车轮回旋曲

我去辖区派出所报了案。

贺磊是不主张我去的,他说何必追究一朵花和一片树叶是怎么凋零的呢。

我说活要见人,死要见尸,他毕竟是我丈夫。

贺磊说见到骨头有意义吗。

我心想如果见到骨头就好了,我和贺磊都会大胆地更向前一步,而非现在这样。他点燃了我,可我去他那儿,仿佛赏物或标本,他只是默默地看。

我不相信李贵会死,更不相信他宣称的癌症晚期。他食欲旺盛,性欲不减,除非他厌世寻解脱,否则怎么可能落幕呢? 我判断他遇到了心仪之人,因有家室,进退两难,所以就说自己要死了，切断和家人的联系，寄回一只马车轮，为他半年的逃避和逍遥，找个美丽的借口。

派出所的同志对我说，李贵这种情况不能算失踪，很难立案。因为他虽不现身，但有电话和邮件，而且他往回寄东西，只是不回家而已。家庭的内部矛盾最好自己解决，做妻子的要温柔一些。听他口气，好像我是母夜叉，李贵是被我气走的。

送走父亲后，我想着怎么安顿这只马车轮。

我不相信它是碾压了罗振玉府前甲骨的马车轮，但它的材质、轮廓，包括木辐条的数量和榫眼，与传说中的从李家流落出去的马车轮，惊人地一致。

它的硬度和韧性确实像好的橡木制成的，除了个别处微有疤痕，整体形态完好。十八根木辐条等距镶嵌在方形榫眼里，像十八条好汉，依然很有力气的模样。木轮圈包裹的铁皮被磨得薄而亮，仿佛缠着一条灰白的绸带。车轮侧面是两圈蘑菇铜钉，虽然颜色不鲜亮了，乌蒙蒙的像瓢虫，但磨损不大，仍是斗志不减的卒子，没一颗掉队的。马车轮密实的木纹深处黑黢黢的，那是岁月之尘经过时间静悄悄的压榨，凝结的泛出油光的尘垢，让人怀疑尘埃是油菜籽。

这马车轮到我家的当夜,我将它放在客厅沙发转角处,可第二天早晨起来,它竟在厨房的水池旁,好像它渴了,夜里来喝水了。我问顺顺是不是他给骨碌到厨房的。顺顺兴奋至极,说,一定是爸爸夜里悄悄回来了,他把马车轮推到厨房,想让咱们知道他活得好好的,爸爸在跟我们捉迷藏呢。顺顺那天早饭多要了一个煎蛋,然后兴高采烈地去上学了。

我把马车轮从厨房又移到客厅沙发转角处,然后到海鲜小厨,跟贺磊说了这件事。难道它真是李家碾压过甲骨的车轮?不然怎会如此诡异,没有外力作用,却神不知鬼不觉地从客厅到厨房?因为我绝不相信是李贵夜里回来了。

贺磊说,别紧张,先观察一周,如果它再动了地方,我来处理它。

未出一周,我叫来贺磊。

因为当天晚上我和顺顺回家,发现马车轮竟靠在洗手间的马桶旁,仿佛它内急,来方便一下,还没来得及系好裤带离开。那一瞬我头皮发麻,感觉这只马车轮赤身裸体地闯入我家,是大流氓,必须清除。但顺顺坚定不移认定白天爸爸回家了,他甚至哼起了歌。我把马车轮又推回客厅沙发转角处,想着你再东跑西颠,我就把你交给贺磊。

次日晨我推开卧室门,"咣当——"一声响,我撞翻了马车轮!这家伙真是色胆包天,夜里来我卧室门前偷窥。它的魔力不言自明,看来李贵是找到家中的灾祸之源了。但我绝不想遵从公公的意念,把它供奉在家中。这是魔,不是神,对魔祈祷,就是把自己的手,放在刽子手的砧板上。

我没有犹豫,给贺磊打电话,让他弄走它。令我意外的是,这回顺顺对马车轮来到我卧室门口,极其漠然,没再说是他爸爸干的。贺磊赶来和我商量如何处置它时,顺顺打着哈欠去上学了,估计他夜里偷着打游戏,没有睡好。贺磊要送他,顺顺拒绝了,说他想坐公交。

最终我们把马车轮安置到海鲜小厨,当装饰物,悬挂在西窗旁的墙上。客人来了看到它,还都愿意凑近瞧瞧,慨叹这马车轮有年头了。而我每天去影楼,总像见家庭成员似的,先要在楼下看它一眼才安心。虽然没给它捆上绳索,但它到这儿后安之若素,再无越轨之举。

顺顺仿佛一夜之间长大，不再让我接送，专心学习，也不打游戏了，这更让我觉得李贵寄来的，就是祖上碾压过甲骨的车轮。它初来我家像个赖皮闹了两天，在海鲜小厨被恭敬待之，立竿见影地福泽后人了。

但顺顺不像以前爱来海鲜小厨了，他双休日总在外面跑，问他做什么，他说做男孩子该做的事情。我想他应该是在找李贵，就说派出所的人都说了，爸爸总有一天会回来的，不用担心。有时我说咱们试着给爸爸打个电话吧，顺顺就会难过地走开。他似乎知道，李贵是不会开机的。

一个阴雨的午后，我碰到一对来拍离婚纪念照的人。他们三十来岁，穿着得体，谈吐不俗，虽不很亲密，但也不疏离，我忍不住问他们为啥离婚。男的看看女的，女的又看看男的，相视一笑。女的说一个月前单位同事感染了新冠肺炎，她作为密接，去了隔离酒店，在那儿认识了一个送饭的志愿者，两个人加了微信，彻夜聊天，感情升温。而她丈夫独自在家，因不会做饭，对门一个在广告公司上班的姑娘，主动给他送饭，丈夫爱上了她。所以隔离结束，他们就办了离婚。他们没孩子，财产平分。

这令我十分败兴，所以拍完离婚照，送走客人，我下了楼。

海鲜小厨只有一个顾客,是个修鞋的老头儿。他恋酒,但老伴儿管得严,所以每周三午后,他老伴儿跟人去学剪纸,他就撂下活儿,溜到这儿要碟花生米和一碗小海鲜,偷偷喝两盅。

贺磊不换厨子,但前台的服务生,几乎半年换一个。目下的服务生卢翠梅,刚来三个月,是个说话有点大舌头的姑娘。她红扑扑的脸蛋,爱笑,长着一对元宝耳,慢性子,端茶倒水毛手毛脚,但目光温柔,善解人意,深得顾客喜爱。

贺磊吩咐过她,我和顺顺在海鲜小厨吃东西,不必付账,钱他会从我房租中一并收取。所以她见我从楼上下来,脸色不大好,就说天冷了,给你沏壶桂圆红茶暖暖胃吧。

我说好吧,默然坐在西窗的桌旁。自从马车轮悬挂在那里,我习惯坐在它下面。

大约十分钟后,卢翠梅端来茶。修鞋的老头儿吃喝完,掏出一卷钱来结账。卢翠梅捻出其中一张五元的纸币,说太破了,让他换一张。老头儿说今天收的都是破钱,凑合使吧。

卢翠梅"咯咯"乐起来,她很容易被某句话逗乐的。

老头儿走后,厨子出来了,卢翠梅说,你俩都在店,现在又没客人,俺去药房给俺妈买膏药去,一到秋天她就腰疼,一会儿就回。

厨子笑眯眯地说,去吧,但得扣你半天的工钱。

卢翠梅不识逗,说,老板都不扣我,你算老几啊。

我和厨子笑了。

贺磊已经三天未露面了。我打电话问他忙啥,他说有个朋友犯了点事,在外地帮着平事,过两三天才能回来。

我不太相信他的话,因而卢翠梅走后,我套问厨子,你老板这两天也不见影儿,去哪儿仙儿去了?

厨子看了看我,撇着嘴说,他仙儿啥呀,我估摸着忙你家的烂事去了!

我吓了一跳,忙问,我家啥烂事?

厨子"啊呜"一声,给了自己一巴掌,说,老板不让我说的。

为了撬他的嘴,我赶紧施与小恩小惠,问他穿多大码的鞋子。有一款男鞋在网上热卖,适宜秋天穿,软底,纯牛皮,黑色咖啡色的都有,实用又时尚,我想给李贵、贺磊和他各买一双,大家一个屋檐下讨生活,是缘。

厨子拱手作揖,说,一个屋檐下不假,但贺老板是大主子,你是二主子,我不过是个掂勺的下人,难为你还想着我。厨子没有忸怩,将鞋码告诉我,说他要黑色的,耐脏,然后眨巴几下眼,说起一周前发生在海鲜小厨的一件事。

厨子说那是下午四点来钟,还不到饭点,店里没客人,他就蹲在门口吸烟,突然过来两个男人,穿着一样的铁灰色夹克衫,剃光头,很壮实。一个方脸,一个圆脸,面色黢黑,像赶海的。方脸的戴着鼻环,圆脸的手腕上文条蛇,看上去不是善茬儿。他们进了店,他也赶紧掐了烟跟进去。

这两人进店后先上了影楼,发现关了,骂咧咧地下来了。他们也不落座,东瞅西看的,卢翠梅打招呼,他们爱理不睬的,最后选中了马车轮下的位子。圆脸的还伸手够了下,说妈的这轮子不赖,估摸还能使呢,方脸的说他看拉那货出殡正合适。厨子说那时他还不知他们咒谁。

卢翠梅拿来菜单,他们点了酱焖鲅鱼、鱿鱼炒彩椒、红烧鲍鱼和黑椒牛柳。问他们要汤吗,圆脸的说喝汤的都是软蛋,爷们儿可是吃干饭的! 厨子见他们来者不善,赶紧去后厨掂掇菜,结果每道菜上去,他们都挑不是。卢翠梅传话给厨子,他们嫌鲅鱼油小了,彩椒不新鲜了,鲍鱼火候过了,牛柳的黑椒味不足,总之横竖都不对。厨子出去赔不是,方脸的说,把你老板喊来道歉才行,要不什么海鲜小厨,什么影楼,都给你砸个稀巴烂!

厨子想老板这是在外面得罪人了,赶紧打电话。贺磊听说后,飞快赶回了。圆脸的站起来,狠拍了一下贺磊的肩膀,说,李贵是你兄弟吧,东家让你给他传个话,这半年来往他账上打的钱,够他一家子下半辈子吃喝了,他再打电话勒索,就让他绝后!他老婆不是租了你家阁楼开影楼吗,有她好瞧的!还有,转告这孬种,有本事露个面呀。

厨子说贺磊见他和卢翠梅在场,就让他们出去看好门,不许别人进来,他要和两位客人单聊。大约十分钟后,只听店里传来"叮咣"的碗盘碎裂声,跟着那两个人踢门出来,扬长而去。

厨子说他和卢翠梅进去后,发现桌子掀翻了,满地狼藉,贺磊坐在椅子上吸烟,他的手是抖的。他说幸好顺顺他妈去开家长会了,不然知道李贵在外面干坏事,非得气死。贺磊让他们把地收拾干净后,提早闭店,还嘱咐他们

碾压甲骨的车轮

不许跟我提此事，否则解聘。

厨子晃着脑袋，感慨贺磊对我好，说，你家李贵咋就成了诈骗犯呢？怪不得不回家，估摸着怕一露头，让警察给逮了。

厨子的话让我震惊无比，我赶紧撂下茶盅，先给顺顺打电话。还好他立刻接了，说刚下音乐课，还有一节体育课。我告诉他从今天开始，除了我和贺磊，谁接都不要跟着走，所有的陌生人都是危险的。

顺顺说，妈妈我懂，就是贺磊来接，我也不会跟着走的。

顺顺没叫贺磊为叔叔，令我意外，而且他不知从何时起，也把他加入陌生人的行列了。

厨子再次给我拱手作揖，说，二主子啊，你自己撑个店面，还得带孩子，却不知自己男人在外面干坏事，我是可怜你，才提醒你的。你可千万别让大主子知道啊，他非撕烂我的嘴不可！

我答应他，请他放心，允诺再送他一件羊毛背心，厨子"哎呀"叫着，说这咋一不留神就当了叛徒呢。他可笑地自责的时候，卢翠梅回来了，厨子跟我努了下嘴，忙他的去了。

我赶紧上楼关了影楼的门，去接顺顺。

厨子的话，让我联想到一个人。

那是三月吧，李贵探监归来，说自己这两年去看父亲，他总要提起一个人，询问自他服刑后，此人看没看过他的家人。李贵知道这人是响当当的地产大鳄，至今风头不减。他说咱家现在这样了，人家躲还来不及呢。公公就对李贵说，那你回头打电话问问你妈，要是他也没看过她的话，你缺了钱，就打电话朝他借，别的不说，就说你是我儿子，我在里面很想他，问他好。告诉他你借的钱，我出去后还他。

公公将这人的电话号码给了李贵。

李贵探完监，立马给婆婆打电话，问认识父亲说的这个人吗。婆婆说以前认识的人，现在都是陌生人了。李贵又问他来看过她吗。婆婆说除了她投食的流浪猫还回来看她，凡是长心的，再没谁看她。

李贵跟我分析，父亲在位时，一定和此人有过权钱交易，他出事后没有交代与此人的关系，应该是想给自己留条后路，出来后好有个免费的窝。但公公发现他保下了他，这人却并不感恩戴德,所以他愤怒,让儿子去敲警钟。

我和李贵找出当年的判决书,证实公公所犯的罪行中,除了滥用职权罪、贪污罪、受贿罪,确实有巨额财产来源不明罪,这些都依法予以追缴,我想这其中就包含这人输送的利益吧。

我劝李贵不要打那个电话,那无疑是一串手榴弹,容易引火烧身;再说我们现在挺好,虽不富有,但钱够用。

李贵犹疑不决,去征求贺磊意见。他说,你爸的案子已经结了,如果再折腾出调查过程中他对组织刻意隐瞒的受贿事实,于他不利,反生事端。而你打这样的电话借钱,相当于敲诈,对方肯定不爽,哪个大商人手下不养几个黑道的?你有老婆孩子,平安为要,最好把这事忘了。

李贵觉得贺磊说得在理,再没提此事。

我万万没想到,李贵竟蒙骗了我,还铤而走险!看来公公被审判,他心里还是不平衡。而贺磊让我感动莫名,李贵失踪后,他应该知道他干什么去了,但没告诉我,独自承担,看来真正爱我的人是他。

贺磊从外地回来后,没提为朋友平事的事儿,我也就什么也不问。他看上去比以往憔悴,好像有看不见的刀,在割他的肉。我非常心疼他，常下厨煲滋补汤，鲍鱼鸡丝干笋汤、牛尾骨花胶萝卜汤等。每次煲一大瓮，跟顺顺说，咱俩吃不了可惜了，给贺磊叔叔带一份吧。

顺顺总会用奇怪的眼神看我，说，这点汤算啥，我是男子汉，当然喝得下。他当着我的面，会把剩下的汤喝得溜光，然后撑得仰躺在沙发上打嗝。

我明白顺顺这是抗拒，所以只得趁他上学后，偷偷在家煲完汤带上，再去影楼。自以为做得天衣无缝，但好汤的味道经久不散，出卖了我。

有一天顺顺放学回来闻到汤味，蹙着鼻子对我说，贺磊有海鲜小厨，他想喝啥汤，厨子给他弄。

我赶紧搪塞，说是吃腻了海鲜小厨的菜，汤是带给自己喝的。但自此以后，我不在家煲汤了，而是去贺磊家。

贺磊家把门的是指纹锁，同时设置了数字密码。不管我们多亲密，他从未说过录我指纹，也没告诉过我门锁的密码。我每次去要么跟着他，要么得他在家。有回我试探着问，万一你哪天失忆了，别人送你回来，怎么开门呢？贺磊自负地说要是他失忆了，这世界就疯癫了，绝不会的。他转而谈起股市行情，把话题岔开了。

一个人的居所就像一颗心,如果它没对你真正敞开,说明主人对你的爱是有保留的。

我们偶尔还去洞庭街漫步,但贺磊的话越来越少了。我以为李贵的事情让他承受着压力,悄悄去问厨子,还有人因为李贵来找贺磊的麻烦吗?厨子说再没见那两个人过来。

我想贺磊说服李贵收手了,但又怕他再犯,因而忧心忡忡。

李贵敲诈的钱究竟有多少,我难以猜测,如果按照厨子转述的,够一家人下半辈子吃喝的,至少得百万吧。李贵的微信绑定一张招行银联卡,但我只知账号;就是知道密码的话,没他身份证,也无从查询交易信息。我想李贵挥霍完这些钱,就会回家。

我打定主意,李贵一回来,我给他做完最后一餐饭,和和气气吃过,就去拍离婚照。我一定争取到顺顺的抚养权,不能让孩子落到这样一个父亲手里。

冬天来了,海风凉了。空中的云不似夏秋那么轰轰烈烈的,云的盛宴散了。室内还没供暖,我冷得缩手缩脚的时候,会不由自主想起李贵。一到这时节,晚上进了被窝,他会用身体温暖我。别看他瘦削，身体热量却足，整个人就像一个暖水袋，叫人舒展。

我拨李贵的电话，仍处关机状态；进入邮箱，荒凉得不见一信。顺顺发现我像个可怜的渔夫，对着邮箱这潭死水愁眉不展，便朝我要来邮箱密码，说，妈妈我帮你盯着，万一鱼咬钩了，我立马报告你。

顺顺继承了他父亲的幽默细胞。

合着寒流的节拍，紧随着河北广东等地，新冠疫情快速向东北蔓延。我们不知这被围堵了三年的恶兽，是否已由虎给驯服成了猫，我像其他主妇一样跑药店囤药，凡是跟感冒相关的，恨不能都买回家中，仿佛不如此就构筑不起打恶兽的屏障。退烧药瞬间成了软黄金，身价倍增。

顺顺率先感染，他高烧两天后，我也开始发烧。我躺倒的时候，顺顺退了烧，能下厨给我做鸡蛋面了。那每根面条都像一支箭，吃一口都觉扎心。这么好的儿子，我不能让他失去爸爸，纵使李贵再有不是，该切断与贺磊的暧昧关系了。

顺顺四五天就康复了，偶尔还咳嗽几声。我体力差些，一周也由阳转阴了，只是感觉眩晕，夜里虚汗淋漓，多走几步就心慌气短。我时常站在窗口眺望李贵，疫情肆虐，他病倒在外谁照顾？

这个时刻的城市仿佛静止了，店面基本都关了，但居民区的灯火，却从未有过的旺盛。感染者没力气出门，未感染者怕中招不敢出门，街上行人寥寥。

贺磊知道我们相继感染后，往门口送了两兜东西，微信提醒我拿回家。我打开门一看，除了蔬菜水果，还有一束动人的香槟玫瑰，天知道他是从哪儿弄来的。我正犹豫是否接受这束花，顺顺说花儿一定附着病菌，不要养了。

我说，是的，除了你爸爸，妈妈也不会养别人送的花儿。

顺顺进一步说，咱家冰箱的蔬菜水果也够吃。

我明白儿子的意思，我说好的，外面的东西都不安全，将门"嘭"地关上。

这样贺磊送的东西均被拒之门外了。

我渴望一场雪的到来，太想让这冬天的花朵，以它的清芬之气，驱散我心底的疲惫和愁云，可是这城市上空的云，孕育雪花时仿佛难产了。

我刚恢复没两天，贺磊阳了，他发来一个红脸表情图，估计烧得不轻。我把康复经验逐条发给他，他回复的是图，玫瑰、哭脸、谢谢之类，再后来连图都不发了。

我感觉不妙，趁着下楼扔垃圾，给他打了电话。

贺磊声音嘶哑，气喘吁吁的，他说连烧四天，人快成灰了，爬不起来了。

我说赶紧去医院，不要硬挺！

贺磊说他自测血氧饱和度还可以，危险性不大，再说现在医院人满为患，很难住进去。

我说，那你给我开下门，我马上过去。

贺磊说这几天他家的门一直欠条缝，万一需要急救，方便人进入。

我赶紧给顺顺打电话，说，我有个好友搜集了一片甲骨，想要出手。你爸稀罕甲骨，我去看下品相，要是形态完好价格又合理，我就买下，你爸回来好给他个惊喜。

顺顺大概猜出我要去哪儿，说，妈妈有件事忘了跟你说，我有个同学家离海鲜小厨很近，他说最近那里一到晚上，总是传出打斗声。海鲜小厨最近不是没开嘛，我猜是那只马车轮作妖，妈妈要是见着贺磊，让他抓紧去看看吧！

我说好的，万一碰见他，我一定转告。

贺磊家的进户门果然欠条缝，好像门渴了，等着谁喂水。推门进去，闻到的是浓浓的汗馊味，地上散落着饼干、干脆面、火腿肠、巧克力等食品的包装袋，能看出这几天他是怎么过的。贺磊面色潮红躺在床上，胡子拉碴，瘦得脱相了。他见了我，吃力笑笑，说，能给我下碗面吗？冰箱还有点菜。

我开了厨房的灯，扎上围裙的那刻，告诉自己这是最后一次给他做饭，看在他是病人的分儿上。

将锅烧热，加少许橄榄油，用小毛葱炝锅，一瓢水浇上烧开，下一把银丝面，卧上两个鸡蛋，撒一丢丢盐，再将胡萝卜丝下进去，只三五分钟，一碗赏心悦目的面条就出锅了。

贺磊倚着床头，风卷残云地吃面，没剩一滴汤汁。他道了声谢，服了退烧药，嘱咐我离开时别把门关死后，沉沉睡去。

清理完屋子的垃圾，我准备离开的时候，想着这可能是最后一次单独面对贺磊，还是有些伤感，于是悄悄坐在床畔的椅子上，静静看着他，以往那是他坐着看我的位置。

一碗面落肚后，贺磊踏实睡着。温柔的灯影下，他的胡须看上去像是金胡子。正当我起身想离开的时候，贺磊说起了梦话。梦话的内容我全然不记得，是因为他一开口，我以为李贵来了，吓得掉了魂儿，慌忙往门口看。

没谁进来，是贺磊说梦话的声音，竟与李贵一模一样，且也是平卷舌不分，好像李贵借着他的口，在跟我说话，让人胆战心惊。

他怎么会发出李贵说话的声音呢？难道说李贵死了，鬼魂附在他身上？

贺磊的梦话像无形的魔手，把我扔进冰窟窿，令人寒战不已。我想推醒他问问，但又怕李贵在贺磊梦中，与他交代着什么，我不能破了这个梦，只好等待他自然醒来，再探究竟。

我心乱如麻，起身找事做。卧室窗下的单人沙发上，堆着贺磊这几天换下的脏衣服，我将它们划拉到一起，心想也算给他最后洗次衣服吧，抱着它们进了卫生间。我打开滚筒洗衣机门，依次检查衣裳兜口，确认无物，再塞进去。在一件灰色圆领棉绒衫的里衬中，我发现一个带拉链的暗兜，摸上去有个硬硬的东西。我拉开拉链，取出一把钥匙。

这把钥匙像一把横在我脖颈的利剑,让人窒息,这是李贵那把我们家门的钥匙啊!

我们一家三口各持一把钥匙。因为前年李贵丢过钥匙,赖到顺顺头上,所以更换门锁时,顺顺用油画棒,在每把钥匙柄上涂了个圆点。李贵的是红色的,我的是绿色的,顺顺的是蓝色的。当时我还跟顺顺说,爸爸的钥匙镶嵌着红玛瑙,你的是蓝宝石,妈妈的是绿珠子,咱家等于开了珠宝店。李贵说,什么红玛瑙,我看像一滴血!我嫌他乌鸦嘴,"呸"了他一口。

我取出自己那把涂着绿点的钥匙,和这把并在一起,无论长度、厚度、凹槽和钥匙齿的轮廓,完全一致,确认是李贵的无疑!

贺磊怎么藏有李贵的钥匙呢?是李贵托他保管的,还是他窃取的?联想到贺磊学过配音,梦话可以发出李贵的声音,我只觉头皮发麻,不敢再想下去。

冷静片刻,我将钥匙放回暗兜,再将已经投入洗衣机滚筒的脏衣服拎出,团在一起,蹑手蹑脚进了卧室,归于原位。还好,贺磊依然睡着,我敛声屏气走出卧室时,感觉是从墓室穿过，怕得要死。我打着寒战穿上鞋子，虚掩上门，逃命似的下楼。

我去了洞庭街。

罗振玉旧居前一个人都没有，我像一条饥寒交迫的流浪狗，蜷缩在路灯杆下，开始回忆李贵去龙王塘赏樱那天失踪后，他每次来电的细节。虽然主叫号码是李贵的，声音听上去也是他的，但他从未有一次与我或顺顺通话超过五分钟，而且总选择人声嘈杂的环境打给我们，之后匆匆挂断。这说明什么？他的声音是伪装的，多交流会露马脚。而父亲和婆婆接到的李贵自曝得了绝症的告别电话，也是贺磊所为。如果我猜得没错，那么除了钥匙，李贵的手机也一定在贺磊手中，他害死了他！

贺磊为了什么？显然不是为了我，而是为了钱。他以李贵的身份，敲诈了那个地产大鳄，落入李贵账户的每一分钱，都成了贺磊的。那么他害死李贵前，一定逼他说出了银行卡账号和密码。贺磊贪欲过甚，电话敲诈不断，终于惹恼对方，打听到我在海鲜小厨开影楼，又知道李贵和贺磊是好兄弟，寻我未果，于是跟贺磊施威，敲山震虎。那两个人绝不会想到，贺磊扮演李贵，从此后贺磊收手了，因为再没人到海鲜小厨闹过事。

贺磊对我们的行踪了如指掌，为了制造李贵还活着的假象，趁我们不在家，开了我家锁，往冰箱塞了顺顺爱吃的香草奶酪。我的月白色绣花衬衫、顺顺的旅游鞋和遮阳帽，应是贺磊下单的。邮件中不乏文采的一个个故事，是他精心编织的。那只所谓碾压了甲骨的马车轮，是他寄的，而且为了让我们相信它有魔力，贺磊夜里冒险潜入移动了它。洞庭街的偶遇，是他设计的。还有是他提醒我查询邮箱登录地的，看来每次留邮件，他都要外出，以飘忽不定的行踪地，让我以为李贵一直在四处寻找马车轮。而他在七台阶码头给我打电话，叫我老婆大人，是因他熟悉李贵和我说话的方式。我还回忆起来，每次收到新邮件，贺磊确实不在旅顺。

我该不该报警呢？仅凭贺磊说梦话的声音与我丈夫的一模一样，加上那把家门钥匙，不足以指控他谋害了李贵。而且李贵的尸体在哪儿，案发第一现场在哪儿，他的车又在哪儿？我能回忆起李贵失踪当天，贺磊是下午现身海鲜小厨的，还说备好了三十年陈酿花雕等他，他有作案时间。他家会是案发第一现场吗？如果确定，他会去哪儿抛尸？

我联想到蝮蛇纵横的蛇岛，窒息万分。

我相信儿子一定发现了贺磊的异常之举。记得有一天楼下经营螺蛳粉店的老板娘对我说，你家孩子来俺家店了。我很惊讶，说顺顺不喜欢吃螺蛳粉呀。老板娘说，他不是来吃螺蛳粉的，他发现这条小街的商家，就俺家有监控探头，能看见从小街进入你们楼的人。他说要找个人，付了一碗螺蛳粉钱，把那俩月的监控都看了，我问他找谁，他也不说。他那天戴着黑帽子、白手套、N95口罩，把自己捂得可严实呢。我一想好久没见你老公了，估摸着他是找爸爸，所以让他看了。要是换作别人，除非公安调取，我才不许呢。

当时我认同老板娘的说法，顺顺这是找爸爸，所以也没问他，现在看来未必。

想起马车轮初到我家，连着两晚挪动地方的时候，顺顺是兴奋的，因为他以为是爸爸夜里回家了。但马车轮出现在我卧室门口的那天早晨，顺顺情绪低沉，没有睡好的模样，是不是他熬夜等待爸爸回家，结果发现打开家门进来的人却是贺磊？顺顺对贺磊称呼的变化，就始于此。

我想儿子应该和我一样，猜到李贵发生了不测。

怕打草惊蛇，离开洞庭街时，我给贺磊发了微信，说我回家了，遵嘱门欠着条缝，提醒他退烧后，把门还是锁好。还有顺顺让我转告他，他一个住在海鲜小厨附近的同学说，到了夜晚，店里明明关着门，也没灯光，但路过海鲜小厨的人，总能听见哭声传出，很是瘆人，他哪天有力气，最好过去看看。

我篡改了顺顺的说法，是因为贺磊深知马车轮是没有魔力的。

回到家后，我对顺顺说那片甲骨的价格没谈拢，下回再说。我没碰到贺磊，关于海鲜小厨夜里有怪声的传闻，用微信转告他了。

顺顺说他知道了就好。

一周之后，贺磊成了植物人。

他退烧转阴后的一天晚上，去了海鲜小厨。按照顺顺的说法，他那天恰好去同学家，发现海鲜小厨有灯光，便推门进去，发现贺磊趴在桌上，头上压着马车轮，满脸是血，赶紧打了120急救电话。

厨子听说后说，他早提醒过东家，这马车轮这么沉，万一钉子松动了，容易伤着客人，不该挂那玩意儿。

可我不相信贺磊进店后坐在马车轮下,而它又恰恰此时脱落。

顺顺那几晚总不在家,说去同学家温习功课,是不是去堵贺磊呢? 他引贺磊坐在马车轮下,假意开着什么玩笑分散他的注意力,然后跳上桌子,在贺磊发出共情的笑声时,摘下马车轮砸向他? 但从现场看,桌上没有脚印,而顺顺的身高只有借助桌子才动得了马车轮。钉子确实脱落了,钉子眼就像只瞎眼,空洞地望着我们。

医生说这样一只马车轮脱落,如果人恰好坐在它下面,造成严重的颅内损伤并不奇怪。

几名专家会诊的结果,贺磊很难醒来了。

贺磊的哥哥贺淼闻讯赶来了,他说弟弟这样也是解脱,至少不会感知痛苦了。我这才知道,贺磊患有严重的抑郁症,要定期看精神科医生。这让我联想起以李贵名义发来的邮件中,说起贺磊受家族影响,有时怕黑,有时畏光。

贺淼请开锁公司打开贺磊家的保险柜时,请我和海鲜小厨的卢翠梅来做证,并全程录像,我正想从保险柜中发现点什么,所以一口答应。贺淼说弟弟成了植物人,治疗需要不少钱,存折和房产证应该都在里面,该用多少就取多少。万一钱不够用,先把海鲜小厨卖了,如果还不够,就得抵押这处房产了。

卢翠梅听说要卖海鲜小厨,自己会丢饭碗,呜呜哭起来。贺淼说,你别哭,我弟说过招来的服务员中,他最喜欢你。他这病需要长期护工,你熟悉他,伺候他也不陌生,工钱我会双倍付你。

卢翠梅点头道谢,说她一定能把贺磊伺候醒来。

贺淼从保险柜中取出三十多万元现金,还有存单、基金、股票等凭证。最意外的是,里面有一部手机。

贺淼嘀咕怎么还有一部手机时,我已猜到那是李贵的,那香槟色的金属外壳如此眼熟。贺淼好奇地打开手机,说这电还很足呢。

我悄悄走向卫生间,拨叫李贵的号码,很快有人接了,是贺淼的声音,他小心翼翼地问你是谁。

我镇定地关掉手机,走出卫生间。

贺淼说,真是奇了,刚打开手机,就有电话呼入,手机显示"老婆",但这人不说话。你们和我弟在一起做事,他难道有女友了? 知道是谁吗?

我攥紧拳头,忍着泪摇头。卢翠梅则大声说,老板没老婆!

二〇二二年的最后一天旅顺多云。清点完影楼的设备,我跟贺淼谈完房屋解约的事情,买了螃蟹和鲜虾,回到家中。

我一进门,顺顺就欣喜地说,妈妈快看,爸爸来信了!

我也只好故作惊喜,说爸爸真不错,给我们带来了跨年夜的好消息。

我坐在电脑前,打开那封信。

老婆:

二〇二三年要来了,我给顺顺寄了个书包,希望他好好学习,估计过两天应该能到。给你的礼物在洞庭街罗振玉旧居前,相信你会找到。爱你和儿子。

贵哥

我查看了一下登录地,不出所料是旅顺。儿子的良苦用心叫人心痛,我抱着顺顺,泪水在心底汩汩流淌,我说爸爸真棒,没忘了我们。

我和顺顺在温柔的灯影下吃海鲜饭的时候,特别想问他，贺磊是不是他害的，他动没动那只马车轮？

顺顺仿佛看穿了我的心思，他说，妈妈有件事我不知该不该跟你说。那天我去同学家，路过海鲜小厨，发现里面有灯光，我往那儿走的时候，一个男的忽然从店里冲出来。天黑，他低着头，走得飞快，我没看清是谁，但这个人猫着腰的样子，可像他哥哥呢。

我说，你是说像贺淼？

顺顺点点头，埋头吃海鲜饭。

我希望顺顺说的是真话，这样我会轻松一些，反之他这么小就会转移视线，会加深我的恐惧感。

如果儿子没撒谎，那么害贺磊的真的是贺淼？可他为什么加害他弟弟，难道他知晓贺磊最近有大宗收入，想要独吞？那个地产大鳄究竟往李贵的账户打入了多少钱？

但从贺淼发现李贵手机一脸惊诧的表情看，他又不像嫌疑人，而且贺磊那晚去海鲜小厨，是顺顺让我诱导他去的。最重要的是，这最后一封以李贵名义写给我的信，应是顺顺所为。

清理完厨房，天已黑透了。顺顺打开电视，锁定北京卫视，看跨年晚会的直播，他说崔健会出场。顺顺爱他的歌。

我问顺顺，有啥新年愿望？

他说，我想快点长大，好圆了爸爸开甲骨文灯饰店的梦。

我盯着他的眼睛说，灯饰店由爸爸自己来开，你不用操心的。

顺顺咬了下嘴唇，望着黑夜的窗外，问我啥时去洞庭街找爸爸留给我的礼物。

我说不急，离新年钟声敲响还远着呢。

顺顺看电视的时候，我想存不存在这种可能，李贵还活着，受婆婆影响，想做个出家人，所以把我和儿子托付给了贺磊。贺磊想多给我和顺顺留点钱，才以李贵的名义，敲诈了地产大鳄。家里的钥匙、李贵的手机等等，都是李贵给贺磊的，因为对斩断尘缘的人来说，那已是身外之物。贺磊为了安抚我，开始假扮李贵联系我，当我恋上他后，贺磊认为我在精神上摆脱李贵了，所以才说李贵得了绝症，切断与我的联系。而刚才那封信，确是李贵写来的，他忘不了老婆孩子，在新年前夜潜回旅顺，藏身旅馆。

我不敢再推理下去，因为那样我会觉得自己和儿子手上，沾满了无辜者的血。

我是该去报案说李贵或是贺磊被害，还是该去寺庙找李贵的肉身、去蛇岛寻他的骨头？

谁死了，谁活着，谁忍辱负重，谁又是罪人呢？

就像"甲骨四堂"中的罗振玉与王国维——李贵和贺磊争论过的雪堂与观堂，谁是谁的罪人，谁又是谁的恩人呢？存不存在彼此成全中的鸡零狗碎，各自辉煌中的隐隐相斥？

这一年我不知感恩于谁，但憎恨的人却是清晰的，就是狱中的公公。碾压甲骨的车轮和地产大鳄，他抛出的这两道无形绳索，在这一年结结实实捆绑了我们，让我们成为狱外的服刑者。

但我更憎恨的还是自己的所为，尤其是不该帮着顺顺，把贺磊引入夜晚的海鲜小厨。

我多么希望贺磊被马车轮砸中，只是个意外，因为无论哪一种推理，都有疑点。

晚上九点半左右，小柯出场演唱《送别2022》，那忧伤深情的旋律，那"道个别吧，这辈子都不会忘的一年"的歌词，如漫天飞雪中的灿灿红梅，如岁月尘埃中的清凉飞瀑，直抵心灵深处，令我热泪盈眶。

我悄悄穿鞋下楼，打车去了洞庭街。

二〇二二年最后的夜里，天上闪烁的那弯上弦月，就像老天剪下的一片指甲，晶莹剔透的。我在罗振玉旧居的电线杆底部，发现了用不干胶粘贴着的两片吸饱了阳光的银杏叶。

它像一只张开翅膀的金蝴蝶，谜一样地闯入这个阴冷迷蒙的冬夜。

2023年5月　哈尔滨

后记：谁鼓舞了我

关于东北故事的系列小说，A面之后，就像我在这个飞雪的日子写的后记，会有B面。而作家和读者最曼妙的相遇，一定是在故事中。

A 面

  这是乌镇11月下旬的一个早晨,在西栅一家旅馆,我推开阳台古朴的木格子门,"咿呀"作响中,一池残荷如褪色的年画,映入眼帘。荷花与夏风是神仙眷侣,所以即便是江南,一朵荷花也寻不见了。荷叶多半枯萎,偶尔泛绿的,边缘也是深褐色的,那是太阳燃烧的痕迹,是荷花怒放的痕迹,是冷风吹打的痕迹,更是看不见的时间悄然走过的痕迹。那已呈现出金属色的莲蓬,就像一颗颗亮闪闪的铜纽扣,还妄想着锁住这寸寸流失的生机。

  一周以前,我还在飞雪弥漫的黑龙江。今冬的雪不像往年是由初冬的小雪，逐渐演变为隆冬的大雪的。刚踏进冬的门槛，雪花就爆了，以气吞山河之势，刷白了北国山河。飞雪漫卷、北风呼号，那是我童年常见的情景，可这些年由于全球气候普遍变暖，难得一见了，所以当它们在2023年的冬天盛装归来，不仅明年待播的庄稼暗喜，人也是欢欣鼓舞的，纷纷走出居室踏雪而行，似乎有许多话要说与这久别的亲人似的。

2020年对我来说，是艰难的一年。因为工作岗位变化，写作时间刹那间变得碎片化，一度让我非常焦虑。以往我可以心无旁骛驰骋于小说中，现实世界反而像虚构的；而现在我被结结实实打回现实，夜里连梦都少了，只能见缝插针进入文学天地。

在政协分管文化文史工作的这三年，我走了不少省内市县，很多地方年轻时去过，还停留在青春的记忆中。也许是人近黄昏的缘故，重走故地，万千感慨，世界的颜色仿佛暗了一层，那些隐匿在冻土深处的故事，以前似乎是浑噩的，如今却鲜润明媚，像熔岩一样漫出地层，闪烁着，跳跃着，让我看到了艺术的霞光。既然难有从容的时间经营长篇，我便尝试用中短篇来演绎这些故事。

首篇《喝汤的声音》写于2021年，聚焦的是海兰泡惨案，在虚与实之间，我找到了一个饶河的"摆渡人"，或者说是一个幽灵，来做主讲人。因为确定用短篇承载这个故事，所以写的时候不停地捶打和挤压它，不断地"收"，让一条河瘦身为溪，写完后意犹未尽，我明白对这样的东北故事的叙述信心建立起来了。2022年我用中篇营造这个系列的第二篇小说《白釉黑花罐与碑桥》，讲述徽钦二帝在黑龙江五国城被囚的岁月，我运用两件叙事"助推器"，一个是白釉黑花罐，一个是碑桥，前者是根据史料虚构的，后者源于我参观五国城遗址时看到的一块碑，它们曾做过牡丹江大桥的基石，在波涛中不知渡过多少往来的人，我将它们放在那些对徽宗来说风雨如晦的日子，小说的人物因之复活。在"亡灵"镇守的"上半夜"和"下半夜"，每段故事是柔情的，又都是悲凉的。

两篇小说都是由现实进入历史的，这三年处在新冠疫情的阴影中，所以引领我们进入故事的现实主人公，仿佛就是我们自己，有这样那样的委屈和无奈，但生活依然静水深流，烟火漫卷。

十五年前因《额尔古纳河右岸》获得第七届茅盾文学

奖,我来乌镇参加颁奖典礼,也曾住在西栅。那时西栅还有原住民,进出须乘乌篷船。记得也是11月,常见水边的白鹭像跳芭蕾的,细脚伶仃地立在水畔,眺望着谁。一早一晚雾气很大,西栅忽隐忽现,看上去就像一幅水墨画。深夜穿行于石巷,总能听到打更的梆声,那么清寂悠远,让人以为身置古刹,归来后我还写过一篇散文《西栅的梆声》。而今的西栅不见原住民,白鹭也不见了,有的是商家和游人。石巷的灯,也不完全是乳黄色的了,那些建筑和石拱桥身披彩灯珠串,霓虹闪烁。除了青砖灰瓦透出本色,与其它城市的夜晚并无二致,让我怀疑记忆中的西栅是否存在过,也由此怀疑此刻身处江南,能够舒展身姿在阳光如水的早晨,倚着木格子门赏这一池残荷,是在一场虚构中。

B 面

这是11月下旬哈尔滨的一个黄昏,雪还在下。

结束了乌镇的行程，又飞至北京开会，一周很快过去了，返回哈尔滨时云气低沉，又要下雪的模样。果然一夜醒来，拉开厚重的窗帘，只见窗外飞雪漫卷，风当起了搬运工，将园田的雪吹得高高低低的，打造成了起伏不定的白色山丘。喜鹊和麻雀无法刨开厚厚的积雪，聚集在白桦树啄树皮，还有的在干枯的花枝上跳来跳去，希冀找到吃的。我赶紧穿了羽绒衣，戴好帽子手套，找个盆子盛些小米，出门放在窗前的雪地上，又用铁锹清出一条露出泥土的雪路，因为不是所有的鸟儿都待见唾手可得的食物。回屋后我发现那只盛米的盆，很快吸引了不少麻雀，但在掘开的雪路上，也跳跃着欢欣鼓舞从冻土中觅食的喜鹊。

　　关于东北的故事，似乎也离不开这样的风雪天。而我童年听故事，恰好是在漫漫冬夜的火炉旁，外祖母总有讲不完的传奇故事。

　　这个系列的第三篇小说《碾压甲骨的车轮》，起笔于2022年秋天，跨越了一个冬天，今春才完成初稿。小说的隐形主人公罗振玉，我在二十多年前的长篇《伪满洲国》中有涉及，犹记得溥仪在《我的前半生》中对他的鄙薄。但事实是，不论罗振玉如何，他是一个在收藏和学术上有贡献的人。2019年初冬在大连召开东北文学与文化国际研讨会，有一天与王德威、张学昕、季进、宋伟杰等教授参观声名远播的大云书库，站在罗振玉旧居前，听旅顺博物馆的专家讲述当年罗振玉所藏文物（尤其是甲骨）失散之事，不胜唏嘘。一般我在小说中涉及过的历史人物，罕有激情再度呈现的，但罗振玉是个例外，回来后读过关于罗振玉的一些传记，尤其是罗振玉、王国维之争的文章，我看到了学术的多副面孔，有了用小说接近这段历史的想法，因为文学有它不可替代的独特性。素材在脑海中发酵的过程中，一只马车轮滚滚而来，轰然作响，于是我以悬疑的缺口，让它从历史深处碾入现实。无论是自然的还是人性的风雪，无论是历史还是现实的歌哭，都让这个文本开始时有点沉重。那期间母亲在我这儿住了三个月，我跟她讲了大致情节，双休日我开足马力写作时，一从小书房出来，她总问我写到哪儿了，每次我都说写到马车要出城了。所以她回乡时没对我说别的，只撂下一句：我可得走了，在这儿太耽误你了，快让马车出城吧！

初稿即将完成时，因为有外出调研任务，初春我率队去了江西和甘肃，无论是参观景德镇的瓷器博物馆，还是在敦煌参观莫高窟，都能联想起罗振玉的收藏和研究，所以小说气韵未断，归来顺利作结。我的小说脱稿后，通常会放置一段，然后再修改。早在4月，《收获》的程永新就发来短信，说感觉你有作品写好了，不知直觉对不对？我说正在进行中，耐心等吧。在他的催促下，这篇小说没有修改前的"冷却期"，改后直接发给他，这已是春末了。而且一交稿我就"阳了"，所以躺倒后高烧的那两天，我最庆幸的是好歹把它完成了。

　　从昨夜到现在，这上天派遣的冬的使者雪花，在大地上演的霓裳羽衣舞没有谢幕的意思。此刻想起我的长篇《群山之巅》的结尾，"一世界的鹅毛大雪，谁又能听见谁的呼唤"，不胜伤感。是啊，在这大千世界，滚滚红尘中，谁没有过孤独感呢。这部小说由人民文学出版社结集出版时，我也踏入六十岁的门槛了。六十年，我有四十年是在小说的岁月中。六十年，我有三十多年是在怀念已故亲人的日子里，爱我的和我爱的人，他们永别得实在太早太早。一个人的长夜，注定听了更多这世上雨打风吹的声音；一个人的柴米油盐，自然也浸透着难言的辛酸和苦楚。所以有人说搜索关于我的词条，会跳出我有几段婚姻这样的问询，我只能苦笑。至于一些标题党的网文，什么迟子建说人到五十最通透的活法是什么之类的，这拼凑和罗织的东西也许并无恶意，但与我何干？我可不是中药铺的郎中，哪敢给人开什么药方。

青春一去不回头，白发一来不再去。虽说渐渐走向人生的黄昏，但我对文学热望不减。如果说这世上有一条绳索可以缚住不羁的我，那一定是写作。

除了古典音乐，我还钟爱流行音乐，西城男孩的《你鼓舞了我》(You Raise Me Up)，就是我喜欢的一首歌。它听上去温暖亲切，令人激情澎湃。弥散其中的爱尔兰风笛声，是闪烁于这首歌的星光，摄人心魄。能够一路走到今天，我特别想感谢鼓舞了我的亲人、友人和读者。当然不仅仅是人，还有那山岭间深沉的水流，青草上晶莹的露珠，划过长空的飞鸟，不惧燃烧的太阳，有盈有亏的月亮，踏着泥泞的野鹿，迎风斗雪的苍松，耕田的牛，负重的马，洄游的鱼，等等等等，都让我看到了生命的坚韧、美好、不屈和安详，无言地鼓舞了我。

关于东北故事的系列小说，A面之后，就像我在这个飞雪的日子写的后记，会有B面。而作家和读者最曼妙的相遇，一定是在故事中。

迟子建

2023年11月　乌镇——哈尔滨